# Eres Mía

## Claudia Samares

Copyright © 2024 by Claudia Samares

All rights reserved.

No portion of this book may be reproduced in any form without written permission from the publisher or author, except as permitted by U.S. copyright law.

# Contents

1. Prólogo.   1
2. Capítulo 1.   3
3. Capitulo 2   7
4. Capítulo 3   14
5. Capítulo 4.   20
6. Capítulo 5.   25
7. Capítulo 6.   32
8. Capítulo 7.   41
9. Capítulo 8.   49
10. Capítulo 9.   55
11. Capítulo 10.   68
12. Capítulo 11.   78
13. Capítulo 12.   86
14. Capítulo 13.   95
15. Capítulo 14.   105

16. Capítulo 15. 113
17. Capítulo 16. 121
18. Capítulo 17 128
19. Capítulo 18. 133
20. Capítulo 19. 141
21. Capítulo 20. 150
22. Capítulo 21. 159
23. Capítulo 22. 170
24. Capítulo 23.. 181
25. Capítulo 24. 189
26. Capítulo 25. 196

# Prólogo.

---

Eres mía te guste o no—su voz suena autoritaria mientras su vista está fija en mi.

— Jamás lo sere—la molestia se hace presente en mi voz mientras lo encaraba.

—Eso lo veremos princesa,me perteneces te guste o no—dice con cierto enojo que hace que frunza el ceño.

—Nunca me retractare,no soy un puto objeto que puedes tomar a tu antojo—hago una pausa —Asi que dejame—digo aún enojada y me volteo con intenciones de irme pero él me detiene.

—No quisiste las cosas por las buenas, entonces seran por las malas...

Y esas palabras hacen eco en la mente de la joven de tan solo veinte años de edad ,esas simples palabras hacen que la vida de Meghan Smith,una chica que apenas acababa de mudarse a la pequeña cuidad y que contaba con un carácter bastante difícil y una personalidad un poco peculiar,quedará atrapada en el mundo de Ethan Black un chico que solo le llevaba un año de diferencia pero que sin duda,con su mal carácter,posesividad y un secreto,hacen que su mundo de un giro totalmente inesperado,adentrandola en un mundo que jamás imaginó que pudiese existir y que sin duda le hizo vivir distintos acontecimientos que la llevaron a caer en las garras del lobo.

Nota: bueno después de siglos voy a editar por fin está novela,es la primera novela que escribi y cuando lo hice tenía 15 y apesar de que ya había escrito cosas como fanfins y eso,no lo había hecho de manera sería,pero bueno volviendo al tema voy hacer muchos cambios ya que siento que e madurado un poco como escritora y aunque aún sigo creyendo que soy una novata,se que he adquirido un poco más de experiencia y quiero hacerla mucho mejor,así que espero y les guste,por favor no olviden comentar y votar,les estaría muy agradecida.

Si gustan pueden seguirme en instagram aparezco como zambrano_victoria

Por cierto mil gracias a mis antiguos lectores por todo su apoyo y gracias a los nuevos,se que podré contar con cada uno de ustedes y de verdad estoy emocionada por esta corrección después de tanto tiempo,así que sin más,les invito que vuelvan a leer la historia,los que ya lo hicieron,y a los nuevos que se adentren a esta aventura conmigo (en mi caso lo haría nuevamente pero bueno no importa,lo que importa es que les guste y a mi me guste el resultado)

Besos,les quierooo

# Capítulo 1.

M eghan. Despierto por los rayos que salen por la ventana de mi habitación y una vez que logro abrir mis ojos por completo veo todo a mi alrededor y noto que la habitacion estaba casi vacia a excepción de que aún,en medio de ella,se encontraba mi cama en la cual estaba acostada y mis maletas. Suelto un suspiro y aún no puedo creer que esté a nada de abandonar este lugar,de irme de aquí,de marcharme del lugar donde crecí,de dejar el lugar en donde pase buenos momentos,malos o fatales,donde tenía mis cosas más preciadas,donde me sentía en familia y que,por cosas de la vida, todo se fue desmoronado hasta quedar destruido en un abrir y cerrar de ojos,en un simple y rápido parpadeo,todo cambio.Para luego decirle adiós a esos recuerdos,adios a mis amigos y adios a todo lo que conocía aquí,salgo de mis pequeños pensamientos cargados de nostalgia gracias a Sofía,mi madre,una mujer que aunque tuviese muchos defectos,como cualquier ser humano,siempre me dio lo que pude necesitar o lo que necesitare en algún futuro y apesar de que no tenemos una maravillosa relacion,es alguien que se a preocupado por mi,es alguien que a velado por mi seguridad y es quién busco darme lo mejor que pudo en todo momento y por ello siempre le estaré agradecida.

-Megan apurate el camión de mudanza ya esta acá, solo hacen falta tus maleta-se queja-¡Ahora muevete!- dice y su tono de voz está cargado de reproche.

-¡Que fastidio! ¡Ya voy!-me quejo sin poder evitarlo-Pero que conste que yo no me quiero mudar y dejar todo-vuelvo a quejarme mientras me levanto de la cama y me dirijo al baño,pero antes de entrar a dicho lugar,su voz me detiene.

-Sabes que lo hago por tu bien y por él mío -dice de una forma tan nostálgica,como si se sintiera culpable de algo pero no sabía que era ese "algo".

-De todas maneras yo no pedí esto-respondo tangente y me adentro al lugar antes mencionado.

Al salir del baño voy hacia donde se encuentran mis maletas,saco mi ropa interior de encaje color azul,una fina blusa de mangas cortas,junto con unos padrinos marrones altos,unos zapatos Adidas de color blanco que iban a juego con mi blusa terminó por agarrar mi cabello en una coleta alta,para luego coger mi mochila y maletas,antes de salir miro el lugar con nostalgia y soltando un leve suspiro,decido salir de la habitación que ahora no me pertenecería más.

-¡Por fin Dios santo!-mi mamá alaba mientras mira hacia el cielo y se me es imposible no virar los ojos ante su exageración-Vamos,nos espera un gran futuro en Canadá -dice sonriendo,a ella si le emocionaba la idea de mudarnos.

-¡Oh que divertido! ¡Seremos Canadienses!-digo con sarcasmo,pasando por un lado de ella provocando que chocaramos nuestros hombros y un bufido sale de sus labios pero la ignoro y sigo mi camino hacia la salida.

Acomodo mis maletas en la camioneta,ya el camión de mudanza estaba listo y se encontraba detrás de muestro auto,en el camión se encontraban dos señores que nos ayudaban con la mudanza y quienes,ya estaban ansiosos por que nos fueramos,subo a la camioneta y me siento en la parte del copiloto y poniéndome el cinturón de seguridad,le doy una última mirada a mi antigua casa,que aunque no era tan grande o extravagante,para mi estaba bien y la quería tal y como era,adios,susurre despidiendome de mis recuerdo.

-Todo saldrá bien,confía en mi-Sofía habla ya cuando está en el auto y veo como se pone el cinturón de seguridad y enciende la camioneta,para ir calentandola.

-Si tu lo dices-la indiferencia se hace presente en mi voz.

-¿Estás lista?-pregunta entusiasmada e ignora mi comportamiento mientras me mira con una sonrisa en su rostro,una sonrisa que siempre le mostraba al mundo a pesar de cualquier circunstancia,fuese buena o mala,ella siempre sonríe y lucia como si nada le afectará-Meghan¿Estás lista?- insiste y suelto un suspiro pesado.

-Si-asiento y sin buscar más conversación pego mi cabeza en la ventana,ella suspira cansada y sin mediar una palabra más,pone en marcha el auto.

Miro como pasamos las casas de nuestro vecindario y una leve opresión se instala sobre mi pecho,pero decido ignorarla así que cierto los ojos y no puedo evitar pensar en los cambios que vendrían por que como dicen "Una nueva vida,un nuevo comienzo" y mentiría si dijera que esa parte nueva de mi vida me intrigaba,por lo que con esos pensamientos rondando por mi cabeza me quedo dormida,no sin antes haber escuchando a mi madre pone alguna canción, que lastimosamente no logro diferenciar ya que caigo en la inconciencia,una que que me lleva directamente a los brazos de Morfeo...

Nota: espero y les haya gustado el capítulo mis amores,por que si es así,dejen su comentario y su voto por favor,no sean malitos.

Recuerden todos los capítulos están siendo corregidos y se les agregaran algunas cosas.

Si gustan seguirme en instagram aparezco como zambrano_victoria.

Gracias por una nueva oportunidad, les quiero un montón.

Besos nenes.

# Capítulo 2

Ethan.

Me encontraba en el despacho de mi padre, quien hace dos semanas atras había dicho que me iba a entregar el puesto de Alfa en la luna llena y si como oyeron soy un futuro alfa, en otras palabras era un licántropo ¿Y que era un licántropo? era una persona que podía cambiar su forma humana a una lobuna, pero muchas personas no usaban ese término y preferían llamarnos hombres lobos, y bueno las responsabilidades que dicho puesto pasarían a mi dentro de un mes ya que contaba con la edad suficiente para asumir el cargo, pero mientras tanto tenía que ir sabiendo las responsabilidades que tenía un Alfa y futura cabecera de esta familia y es por eso estaba aquí, encerrado viento una fila de papeles relacionadas con la mana, expresas y demás negocios que mi familia manejaba, ya estaba familiarizado con ellas, pero no a un nivel tan serio como ahora y debía admitir que ahora esto me resultaba un total fastidio pero me tocaba, ya que al ser su primogénito e hijo único todo el peso del puesto y sus obvias responsabilidades caían automáticamente sobre mí, sin poder evitarlo y lo aceptaba, desde muy joven sabía que este día caería tarde o temprano, solo fue cuestión del tiempo.

Soy sacado de mis pensamientos una vez que escucho entrar a mi Beta Matthew,pero él no solo eso para mí,él era mi mejor amigo,casi era un hermano para mi ya que con él había pasado los mejores y peores momentos de mi vida,los momentos cargados de fiestas,peleas y travesuras de cuando éramos tan solo unos niños o como algunos nos dicen,unos cachorros bastantes revoltosos y fueras de control.

—Ethan hermano¿Qué tenemos para hoy en la noche?—pregunta mientras toma asiento.

—No se a que te refieres—comento sin importancia mientas le hecho un vistazo a varios documentos.

—Vamos hombre te harás viejo—se burla haciendo que frunza el ceño —Tenemos que divertirnos hace ya una semana que no hacemos nada—se queja como todo un niño pequeño y viró los ojos por ello.

—Sabes que desde que mi padre dijo que me daría el puesto de futuro Alfa e estado ocupado,además sabes que si algo sale mal, José tomara mi puesto—la seriedad se instala en mi voz—Y prefiero morir a que ese imbécil tome mi lugar.

—Ags el pequeño de José—se ríe —Siempre tratando de dársela de lo mejor pero nunca llega a nada,pobre estupido—suelta un bufido.

—En eso estamos de acuerdo—rio—Es un completo imbécil y envidioso que no soporta ser el segundo en todo—comento sin ocultar el desagrado de mis palabras.

José es mi primo,quien es de mi misma edad y somos familia por parte paternal y hay que mencionar que mi padre tiene dos hermanos menores,el padre de José es Sebastián quien,al igual que su hijo,también es un envidioso y un total arrogante sediento del poder,un poder que jamás tendría ya que al ser el segundo en nacer,no podía reclamar el puesto como Alfa,él era un año menor que mi padre,por lo que,al no haber tanta diferencia en sus edades,siempre tienen conflicto por el puesto,pero al ser el segundo en todo,literal se le hacía difícil. Y tenía que tragarse sus berrinches y estupideces por que debía respetar la ley,que aseguraba que solo los primogénitos podían aspirar al puesto de alfa y quién quisiese ese puesto,sin haber sido el primero en nacer,debía luchar y vencer al futuro alfa o al actual,pero obvio Sebastián nunca enfrentaría a mi padre,por que al fin y al cabo era un cobarde. Por lo que al paso del tiempo José siempre fue mi sobra,siempre había sido el segundo en todo los aspectos,mientras que yo era halagado y puesto de ejemplo a seguir,a él solo le decían que tenía que mejorar y que quizás así podía llegar hacer una cuarta parte de lo que yo era,no les culpo yo siempre he sido y seré el mejor en cada cosa que hago,por que cada una de ellas lo hacía con esfuerzo y dedicación,así fuese grande o pequeña y es por eso que siempre tenemos peleas y conflictos,pero ¿Qué culpa tenía de ser siempre el mejor?¿De esforzarme y darlo todo? Ninguna,y no por que él no pudiese llevarme el paso,iba a atrasarme,eso nunca y más sabiendo que ese imbécil solo tenía rencor en su pecho,un rencor que su padre le instalo y no permitiría que alguien así quedará a cargo de la manada.

—Bien vamos a olvidar a ese hombre y enfoquemosno en la salida de esta noche—insiste Matthew— Tenemos que irnos de rumba y tener una noche completamente loca, ya que mañana para desgracia nuestra empiezan las clases—dice y joder se me había olvidado que esa mierda existía.

—Tienes razón—digo cerrando mis último documento—Ya e termina,es hora de planear todo,llama a los muchacho hoy nos vamos todos de fiesta.

—Ese es él Ethan que conozco —mi amigo me empuja leve del hombros y ambos salimos del despacho.

—Joven Alfa ya el almuerzo esta listo —aparece una chica de la servidumbre, así que la ignoro y junto con Matthew vamos al comedor en donde ya estaban mis padre y los demás chicos.

—Buenos días Ethan—dice mi madre al verme entrar y la veo sonreír—Matthew ¿Cómo estas?

—Señora Louisa —sonrie hacía ella —Estoy muy bien gracias por preguntar—dice en tono encantador mi beta por lo que viró los ojos mientras él toma asiento.

—Ethan ¿Ya terminaste los papeles de la manada?—dice mi padre serio mientras me mira.

—Si padre,ya están todos los documentos listos—digo tomando asiento mientras que dejan enfrente de mi un plato de comida.

—Tu madre y yo saldremos de viaje por unas semanas—informa mientas mira a mi madre.

—¿Por qué?—pregunto viendolos a ambos.

—Voy a ir a la manada vecina,tengo que arreglar algunos asuntos con el Alfa de ella además tu madre y yo necesitamos vacaciones.

—Ok¿Cuándo salen?

—Esta misma tarde pequeño—responde mi madre con su tono tan dulce,sin duda alguna para mi ella era la mujer más bella y bondadosa del mundo y confieso que no entiendo como alguien como ella esta con mi padre,sin ofender quiero a mi padre pero él era una persona dura,testaruda,celosa, posesiva, también era un gruñon y pare de contar,pero en fin supongamos que con ellos aplicaba eso de "los opuestos se atraen".

—Que bueno—es lo único que digo para que luego todos nos dispongamos a comer.

El almuerzo transcurrió entre platicas de la manada,problemas de esta y sobre todo el orden que tenía que tener al quedarme solo en casa y con la manada dependiendo de mí, luego de un rato ellos ya se habían ido mientras que yo me encontraba junto a Matthew, Jeremy quien es el tercero al mando, mí Delta, Adam hermano menor por dos meses de él y Lucas quien era primo de Matthew, ellos son mis mejores amigos y por lo tanto somos el grupo de los chicos más cotizados de la manada y universidad, para completar el hecho de que varias señoritas buscaban nuestra atención, todos formabamos parte del equipo de futbol de la universidad, mientras que cada uno de nosotros cursaba su último año y gracias al cielo por eso.

—Chicos me entere que hay un nuevo club y que además esta increible—comenta Adam mientras come palomitas y deja de mirar su celular.

—Si, no me acuerdo como se llama—piensa Jeremy— Pero y que esta de locos.

—Entonces vayamos a ese lugar ya me entro curiosidad —digo sentandome en unos de los sofás.

—Muero porque llegue la noche y tener un buen polvo—suelta Matthew uno de sus típicos comentarios, él era el más mujeriego de todos nosotros, luego voy yo, Jeremy, Adam y para finalizar Lucas quien es él mas centrado de todos nosotros.

—Ustedes no cambian—se queja Lucas, vieron él es un poco santo.

—¡Uy si! Hablo el señor Lucas alias no rompo un plato— contraataca Matthew y todos estallamos en risas.

—No puedo, te quedo buena hermano—dice Jeremy chocando los puños con Matthew haciendo que Lucas virara los ojos.

—Bueno ya cambien de tema—se queja Adam.

—Adam—la burla sigue en la voz de Matthew —Hoy estas como delicado, no lo sé¿Ustedes piensan lo mismos?—se burla, ganandose así una mirada de odio por parte de este y una risa por parte de los demás —Bueno, poniéndome serio me entere que llego una chica nueva—dice subiendo y bajando sus cejas y nos mira en forma picara.

—Haber sigue contando que esto se volvio interesante—dice Jeremy poniendo atención.

—Ya van a empezar con su cacería —se queja Lucas.

—Calla Lucas, mira que esa podría ser un nuevo polvo para alguno de nosotros—digo y ríen los demás.

—Tienes razón ella vendría siendo la nueva en la universidad y por lo tanto sería carne fresca —Adam habla.

—Bueno me entere que es de California, con ascendencia española—comenta Matthew.

—Me intereso—digo—Pero ¿Cómo cojones sabes de ella?.

—Soy un amigo muy íntimo de la secretaría —dice pícaro y niego divertido.

—Se la folla es obvio.

—En mi defensa Lucas,esa mujer tiene un cuerpo que por Dios esta muy bueno y contando el hecho de que es una fiera en la cama—suelta un suspiro—Se me es imposible no caer por ella.

—¡Ay!¡No puedo con ustedes me voy a leer un libro! —dice Lucas abandonan la sala.

—Mmm siempre Lucas de aburrió— Jeremy se queja.

—Vamos a jugar play estoy aburrido—digo y todos vamos a mi habitación.

—Voy primero—dice Matthew y sale corriendo.

Y así todos subimos las escaleras como locos para ver quienes jugaban primero,obvio yo fui el que llego antes que todos ya que era mucho más rápido que los demás mientras que de segundo Matthew y así pasamos nuestra tarde llena de juegos,risas,platicas sobre esta noche y sobre los buenos polvos que tuvimos en vacaciones y los desastres que hicimos en ella...

Nota: Bueno primer capítulo narrado por ¿El prota? Jajaj bueno espero y les haya gustado¿Quién hasta ahora de los chicos es su favorito? Por favor nada de fumar a Ethan o/a Matthew por ser tan descarados.

Otra cosa,el hombre de Lucas antes era "Luckas"recuerden he cambiado varias cosas

Por favor comenten y dejen sus comentarios estaría muy agradecida con usted y recuerden,estos capítulos están siendo corregidos y algunas cositas van a cambiar y agregaré otras.

Si gustan pueden seguirme en instagram aparezco como zambrano_victoria.

Nos vemos amores, besos.

# Capítulo 3

Meghan.

Siento que el auto se detiene y voy abriendo los ojos,no se cuanto e dormido,solo se que fue bastante ya que se ve que es un poco tarde.

—Meghan,hija—mi mamá llama mí atención.

—¿Qué pasa?¿Por qué te detienes?—me acomodo en el haciendo.

—Dormiste parte del camino,estamos en una estación donde echaremos un poco de combustible y podremos comer algo—dice señalando un KFC.

—Ok ¿y el camión? —pregunto buscando mi mochila y sacando mi celular ya eran las 5:00pm ¡Wow si que dormi!—Dormi mucho —bloqueo la pantalla de mi celular.

—Si—rie un poco mi madre—Si no supieras que eres mi hija y que eres humana hubiese creído que eras el propio oso polar en pleno invierno—bromea y no pude evitar reirme de su comentario,se que no tenemos muchas cosas en común, pero ella era muy agradable y apesar de contar con 39 años de edad,era muy divertida e incluso a veces podía llegar a comportarse como toda una adolescente,con hormonas a flor de piel.

—Bien,por qué tengo mucha hambre—me quejo cuando mi estomago gruñe—Así que vamos a ese KFC,de verdad muero de hambre—salgo del auto acompañada de mi madre.

Entramos al local,no estaba tan lleno y era un poco pequeño, nos sentamos junto a una ventana,donde se podían ver los autos y personas que se veían perdidas,era obvio que eran turistas,con sus típicas camisetas,en algunos casos,shorts,cámaras, sandalias,lentes y esos increíbles y grandes celulares con los cuales se tomaban fotos en cualquier lugar que consideran llamativo,también con sus aspectos de maravilla al ver cada sitio en el que andan o que no conozcan, obvio y con la duda reflejadas en sus rostros cuando pedían ayuda sobre algún señalamiento o como llegar a una localidad. Aparto la mirada de la ventana cuando alguien aclara la garganta a mi lado estaba y noto que se trata de un chico el cual me tomo un pequeño tiempo para detallar él era de piel clara,con ojos verde esmeralda,cabello negro como la noche,un cuerpo bien fornido y con una sonrisa dulce,la cual me regalaba mientras esperaba mi orden.

—Y usted señorita ¿Desea algo?—dice en tono coqueto y sin quitar esa sonrisa,que a decir verdad no era fea.

—Por supuesto—hago una pausa, mientras puedo ver en el rostro de Sofía cierta pizca de curiosidad —Me da una hamburguesa mediana de pollo,una coca-cola y una ración grande de papas fritas,por favor—digo cerrando el menú y entregándoselo.

—Enseguida—coge el menú y se marcha,no sin antes guiñarme un ojo,sonrio y se que mis mejillas se encuentran algo sonrojadas, ya que siempre que pasaba algo así,ellas reaccionaban de esa manera y eso era algo que no puedo evitar y por ello lo odiaba un poco,vuelvo a posar mi vista al frente y veo a Sofía sonreír.

—¿Qué?¿Por qué tienes esa sonrisa?—digo incomoda.

—¿Viste a ese chico?¡Es lindo!¿Verdad que si?—dice riendo y yo solo viro los ojos.

—Aja y eso ¿Qué tiene que ver conmigo?

—¡Oh vamos! Él chico se te estaba insinuando,además esta bien guapo—posa su vista en él chico,quien ahora atiende otra mesa.

—Aveces no se si hablo con mi madre o con una adolescente que no sabe controlar sus hormonas —niego como si ella no tuviera remedio mientras saco mi celular del bolsillo trasero de mis pantalones.

—Que amargada—se queja y yo solo ignoro su acto de inmadures—Iré al baño ya vuelvo—avisa y se dirige a este.

Prendo mi móvil y empiezo a ver algunos mensajes que habían llegado a mi WhatsApp,estos eran de algunos primos y primas con los que me llevaba bien,otros eran de diversos grupos, también habían mensajes de varías amigas virtuales y de mi mejor amigo John, así que sin pensarlo dos veces,abro primero los de él.

John:Hola pequeña ¿Cómo éstas? ¿Qué tal el viaje?.

Veo y eran las 1:00pm,cuando mando ese mensaje primer mensaje.

John:¡Oye Responde! ¿Cómo éstas niñaaa?

Vuelvo a ver y ya eran las 2:00pm

John:¡Niñaaa! ¡Donde vas! Me tienes preocupado.

John:Vamos Meghan,voy a creer que te paso algo.

John:¡Joder! Ya me estoy preocupando vamos fea responde.

John:¡Joder y más joder! Llamare a la policía.

Y así fui viendo varios mensajes de mi mejor amigo de diferentes horas y él cual parecía todo un exagerado en cada uno de ellos, podría decir que hasta se parecía mi padre regañandome por todo,aunque no podría decir que mi padre en si, ya que a él nunca le importamos Sofía ni yo. Sofia vuelve del baño y se sienta al frente de mi para luego empiezar hablar por teléfono, mientras que yo termino de leer los mensajes de John y le respondo.

Meghan:Holaaaa al mejor amigo,o sea solo MÍO, Jajajaja.Feo estoy bien,no te preocupes tanto ni que me fuese a pasar algo y si en ese fuese el caso ya lo sabrías, ya que las peores noticias son las que llegan primero,así que calmate¡Men! pareces un viejo que se preocupa por todo,vive la vida niño.

Terminó de escribir para luego enviarle el mensaje y de inmediato me responde,vaya no pasaron ni 20 minutos,de verdad estaba preocupado.

Jonh:¡Venga Meghan si que me tenías preocupado!,que falta me haces mi bella,de verdad estoy que agarro un auto o un avión y me voy para Canadá a buscarte y traerte de vuelta.

Meghan:Jajaja pero que dramáticoPues llegarías primero ya que aún estoy en camino.¡Y por Dios también me haces una falta enorme MÍ guapo!

Jonh:jajaja lo se,lo se,no puedes vivir sin mí,hay Mí Megan tu sabes que yo no puedo ser tuyo,ya que soy de muchas, pero tranquila tu estas de puesto Número uno.

No pude evitar reír por su comentario, John es sin duda el mejor chico que e conocido es atento,dulce,celos,entre otras cosas,sin duda cualquier chica moriría por él y estaría super encantada de tenerlo. John es de tez clara,sus ojos eran de color café claro,su cabello era castaño y para completar tenía un cuerpo bien trabaja,debido a que es capitan del equipo de futbol de la universidad, muchos se confundían y pensaban que éramos novios,pero entre el y yo nunca paso nada,aún que en un tiempo tratamos de ser algo más, pero como no funciono decidimos  quedarnos como amigos,bueno casi hermanos. En eso él chico que nos atendió hace rato trae nuestros pedidos.

—Disculpe la demora,acá están los pedidos, el de la señora—se lo entrega a Sofía quien solo musita un "Gracias" como respuestas—Y el de la hermosa señorita—me entrega mi pedido y sonríe pícaramente.

—Muchas gracias—digo un poco apenada y este se retira.

Una vez que terminamos de comer,él chico nuevamente se acerca hasta la mesa y retira nuestras cosas,mientras que Sofía paga pero antes de irme él mismo chico que nos entendía,toma mi mamo con delicadeza y hace que me detenga.

—Ten hermosa,es mi número de teléfono—susurra y levanto la mirada hacia él,ya que era más alto—Llamame para quedar en algo y así vemos si la pasamos bien—dice en un tono seductor entregandome un papel con su número de teléfono escrito sobre el.

—Ok— riendo leve guardo el papel el mi bolsillo y cuando me zafó de su agarre,dirijo nuevamente hacía la salida solo que antes de hacerlo él besa una de mis mejillas,este chico es bien directo,es de los que va con todo.

—Espero y verte pronto—dice sonriendo mientras se separa de mi.

Solo asiento y salgo del local,subo al auto y cuando Sofia trata de decir algo la interrumpo.

—Ningún comentario al respecto—le advierto.

—Bien—dice levantando los brazos en son de paz.

Solo volteo la vista a la carretera y al paisaje,el cual ya se esta oscureciendo, dando a entender que ya se haría de noche,estuvimos en el auto por mucho tiempo a decir verdad creo que ya eran mínimo las tres de la madruga, ya el camión de mudanza habría llegado,mientras que Sofía va hablando de cualquier cosa,para no aburrirnos y tratar de ignoro el cansancio y el sueño hasta que llegamos a nuestro nuevo hogar,no le preste atención a nada,yo solo me dispuse a entrar y acostarme en un sofá negro que estaba ahí y a decir verdad era muy cómodo, luego de ello todo se torno de color negro,llevábamos dos días viajando y estaba súper casada,en otras palabras estaba súper molida por el viaje tan cansón.

Nota:¡Pero que coqueto el camarero! Jajaja se paso de intenso el hombre xd¿Qué les parece el cap? Si les gusta por favor comenten y dejen sus votos,se los agradecería un montón.

Si gustan seguirme en instagram aparezco como zambrano_victoria.

Nos vemos mis nenes se les quiere un montón¡Y gracias por el apoyo!

Besos amores.

# Capítulo 4.

------------------------------------------------

M eghan.

    Despierto por los rayos del sol que entran por alguna parte de donde sea que estoy,si no se en donde estoy,solo recuerdo que llegamos a la nueva casa y que vi un sofá y me a coste en este y luego nada más,voy abriendo los ojos poco a poco y noto que estaba en una habitación ¿Cómo llegue acá? ¡Wow esta cama es cómoda!,digo mientras me paro de ella y froto mis ojos,la habitacion en la que estaba era grande y muy espaciosa por lo tanto poso mi vista en algunas cajas y noto que dentro de ellas estaban mis cosas ,también note que había un balcón por lo que fui a este y me asome para notar que habían varias casas,en si estábamos en una pequeña ciudad de Canadá, no contaba con mucha densidad de población y era bastante tranquila,al lado de las casas podía verse un bosque el cual era muy extenso y llamaba mi atención, en lo personal siempre me habían encantan los lugares así ,llenos de naturaleza y que no contra con densidad de población,lugares así me hacían sentirme libre,sin limitaciones y sin opresiones o tensiones que se vivían en ciudades un poco más pobladas,como por ejemplo de la que venía,California que a pesar de que no tenía una enorme densidad de población era un poco ruidosa. Entro de nuevo y me voy a una puerta en donde creo que estaba el baño,entro y efectivamente era el baño,busco una toalla y me despojo de mi ropa para tomar una ducha y mientras lo hago puedo ver que el baño es más grande que el que tenía en mi antiguo hogar y era mucho más lindo,hasta podría decir que era un tanto lujoso,termino y cierro la lleve,salgo con una toalla envuelta a mi cuerpo,voy a mi maleta saco un conjunto de ropa interior azul marino,unos leggis negros,un top gris el cual dejaba ver un poco mi abdomen y unos convers grises, me visto y agarro mi cabello con una coleta un poco alta y dejo que varios mechones de mi cabello caigan sobre mi rostro,en si me gustaba atarlo de esa manera ya que me hacía ver linda. Al bajar,ya que la casa era de dos pisos,noto como varias personas ordenan algunas cosas en la casa,por lo que las miro algo extrañada.

-Sofía ¿Quienes son estas personas?-le pregunto a mi madre bajado un poco la voz una vez que la encuentro en la cocina,la cual estaba totalmente equipada y era bellísima,con un toque bastante moderno.

-Hola hija,buenos días también para ti-dice sarcásticamente-Yo amanecí muy bien,gracias por preguntar.

-De nada, mamá me alegra que estés bien-respondo usando el mismo sarcasmo que ella y rio-Pero responde a mi pregunta, por favor-pido con una sonrisa de boca cerrada.

-Es un personal que contrate solo por hoy, para que nos ayudaran a ordenar la casa-hace una pausa -Que por cierto ya se van por qué terminaron de arreglar todo-sonrie ampliamente-El único lugar que no esta listo es tu cuarto.

-Ah que fastidio -me quejo leve y hago puchero mientras la miro-Por favor que alguien vaya y lo arregle,estoy muy cansada-pido en súplica.

-Bien ya mandare a alguien,ahora vamos al comedor y almorcemos-dice y abro los ojos para luego sacar mi celular y notar que ya era de medio dia,si que dormí -Ya que saldremos a comprar ropa para ti.

-¿Por qué para mí? -frunzo el ceño mientras la sigo.

-Mañana empiezas la universidad y no tienes casi ropa ya que algunas nos toco dejarla en la antigua casa-se sienta y empieza a comer-Asi que iremos de compras.

-Ags se me olvidaba que esa mierda existía -tomo asiento y empiezo a almorzar.

-Si y deja de hablar así-me riñe ante mí mala palabra-Además no están malo,ya estas en tu último año-dice feliz-Además eras la más inteligente de tu clase acá te ira excelente -comenta orgullosa.

-Tienes razón,solo me tengo que enfocar en seguir siendo la mejor y alejar a todos de mí no quiero distraerme en nada,he logrado mucho para que venga alguien y joda todo-tomo mi celular y empiezo a ver mis redes sociales y algunos mensajes.

-¡Esos modales Meghan Alejandra Smith Braun! -dice enojada.

-Perdon-me encojo de hombros y la miro de reojo algo burlona.

Terminamos nuestro almuerzo, las personas que mi madre había contestado paso ordenar la casa ya se habían marchado,por lo subo a mi habitación y veo atenta cada detallarte de ella,esta ya estaba totalmente ordenada y me había gustado el resultado. Cepillo mis dientes para luego tomar un pecho bolsito y meter algunas cosas, por lo se cuando terminó de arreglarme salgo de la había y junto con Sofia salimos de la casa y vamos hasta la camioneta la cual era Chevrolet negra muy hermosa,esta fue un regalo de mi papá hacía mi madre cuando estaban juntos y él aparentaba que le importabamos,el camino al centro comercial era corto ya que casi todo estaba cerca,bajamos y nos adentramos a este,era muy grande,de seguro porque era uno de los pocos que había en el lugar,creo que cuando mucho habían cuatro,muchas personas caminado por doquier,Sofía entra a una tienda y me obliga hacer lo mismo,en si no era muy fan de ir de compras y no me quejo sobre eso,pero cuando venía con Sofía me cansaba demasiado,ya que siempre quería comprar demás.

-Vamos Meghan hay que comprar ropa muy linda-dice entusiasmada.

-Vamos Sofía,es solo ropa no es nada de otro mundo -digo un poco seria ya que se emocionaba demasiado.

-Ags-se queja-Tú y tú mala actitud.

-Ti i ti mili ictitid-me burlo y ambas empezamos a reír.

Luego de reír un poco empezamos,bueno yo no ,Sofía empezó a buscar mucha ropa,la cual era linda pero eran de colores claros y a mi me gustaban los colores oscuro,así que le toco buscar la mayoría de ellas de colores opacos,me pobre como mil conjuntos de ropa ya que a Sofía no le gustaban mis gustos y decía que parecia una inadaptada, que culpa tengo yo de que me guste la ropa negra y además, no porque vista de ese color soy una inadaptada,me había quejado con ella diciendole eso, pero luego ella insistió en que debería cambiar un poco mis gustos así que me obligo a comprar ropa variada,luego de casi tres horas en el centro comercial y comprar demasiada ropa para mí fuimos a un súper mercado donde compramos muchas cosas para la casa y bastante comida ya que en nuestro nuevo hogar no había absolutamente nada comestible,es más nuestro almuerzo de hoy habían sido unas alitas de pollo crujiente con papitas fritas y ensalada de un KFC . Salimos del centro comercial,ya era de tarde así que antes de ir a la casa,pasamos a comparar una pizza.

-Bueno Meghan me iré a dormir estoy súper cansada -dice y un bostezo sale de sus labios,la entiendo estuvo todo el día de acá para allá en el centro comercial y en el súper mercado,sin contar que aún que la ayude a menjar,ella condujo casi todo el camino hasta aquí .

-Bien, ve a descansar yo termino de ordenar todo-digo y empiezo a acomodar todos las compras.

-Gracias mi vida ten dulces sueño-besa mi frente y se va.

Termino de ordenar todo en la cocina y subo las bolsa de las compras de mi ropa a mi habitacion y empiezo a ordenarlas,termino y acomodo todo lo que llevare en mi morral color rojo,si amo el rojo en mi segundo color favorito,meto algunos cuadernos y libros junto a lápices y marcadores, también ordeno la ropa que usare mañana y la dejo en la silla de mi escritorio,voy al baño y me ducho,salgo me pongo mi ropa interior junto con mi pijama que consistía en unos shorts de oso panda,si me encantan esos animales no me juzguen,me pongo igual un suéter de color blanco un poco grande el cual contaba con un oso panda como dibujo en el centro y mis pantuflas blancas, apago la luz y me acuesto en la cama cierro mis ojos y todo se vuelve oscuro,hoy fue un día bastante movido...

Nota:mi gente bella,recuerdo que estos capítulos están siendo corregidos y trataré de hacer lo mejor que pueda,no olviden que también se agregaran algunas cosas

Si les gusto,por favor voten y comenten,de verdad lo agradecería un montón

Si gustan pueden seguirme en instagram aparezco como zambrano _victoria

Besos mis niños

# Capítulo 5.

-----------------------------------

Meghan.

Un sonido irritante hace que frunza el ceño y un pequeño gruñido salga de mis labios,el sonido sigue por lo que al abrir los ojos me doy cuenta de que se trata de mi alarma,quién suena sin cesar.

—¿Pero quién te puso a esta hora?—digo cogiendo mi pequeña alarma y la tiro haciendo que de inmediato esta se rompa—¡Aaaah que fastidio son las 6:00am!es muy temprano —me quejó y me acurruco más con las sábanas,pero en eso entra Sofía y empieza a hacer drama,ya vi a quien le saque el lado dramático.

—Meghan deja el dramatismo—dice y río,por que ella justo está haciendo eso— Y no seas una grosera,de acá a la cocina se escucha todo y no vuelvas a romper tu alarma, ahora tendré que comprar otra—dice muy enojada mientras la veo coger la pequeña alarma que ahora estaba rota,debía admitir que era todo un caso al tener que levantarme tan temprano,me ponía algo odiosita y temperamental.

—Sssh silencio Sofía me duele la cabeza y ahora sal de mi cuarto ¿Quién te dejo entrar?.

—¡Meghan Alejandra Smith Braun soy tu madre y llamame como tal! Además puedo entrar cuando yo quiera—dice aún más enojada y casi quiero decirle que es mi padre quien pagó todo y no ella,pero me callo.

—¡Ah no!¡ Eso si que no! esta es mi habitacion por lo tanto tienes que respetar mi privacidad,así como yo respeto la tuya—digo parandome de la cama y yendo al baño.

—Vale—exhala—Ahora ve y vistete ya casi va a estar el desayuno—escucho como suspira para luego escuchar como sale del cuarto.

Entro al baño y me despojo de mi ropa,la dejo en la canasta de ropa sucia y entro a la ducha pongo el agua tibia y empiezo a lavar todo mi cuerpo,cierro los ojos y trato de no pensar en mi vida,se que hablarle así a mi madre,está mal,se que no debo tratarla así y se que soy grosera con ella aveces pero no puedo evitar sentirme enojada ,no puedo olvidar todo lo que nos hizo pasa mientras seguía con mi padre y se que es pasado e crecido y cualquiera diría "ya eres mayor de edad,debes madurar" y confieso,lo e hecho,he madurado pero no es fácil olvidar,no tiende a ser tan fácil dejar todo de un lado y seguir como si nada. Luego de relajarme salgo envuelta en mi toalla y tomo la ropa que usaría hoy y que había ordenado la noche anterior,me pongo mi ropa interior y luego de eso cojo unos shorts de cuero negro de tiro alto,me pongo unas medias de color negro que me llegaban hasta las rodillas y tomo unos botines que iban a juego con ellas,busco mi crop top color rojo que dejaba a la vista un poco mi abdomen,algo mínimo,ya que no me gustaba llevarlos tan cortos y terminó de vestirme cuando me coloco mi chaqueta de cuero,me miro al enorme espejo que tenía y de verdad me gustaba el resultado,mi aspecto físico era muy bueno y contaba con un abdomen plano dado a que me ejercitaba y hacía actividades físicas como practicar kárate ,jugar fútbol y voleibol,mencionando también que tenía una buena distribución en cuando a mis glúteos,piernas y senos,no eran exagerados,pero no me quejaba pero lo que más me gustan de mi cuerpo,por que lo amaba tal y como era,era mi cintura que era un poco delgada y dejaba en claro que tenía unas bonitas curvas.Termino de verme en el espejo y me agarro una coleta dejando algunos mechones de mi cabello sueltos,tomo mi morral y celular pero antes de esto tomo una pulsera negra con el dije de una media luna,la cual fue un regalo de cumpleaños por parte de John ya que tengo cierta obsesión con este símbolo, tomo el perfume y me hecho un poco ya que soy alérgica a los olores fuertes,bajo las escalera y cuando Sofía me ve esta queda en estado de shock.

—Llamando tierra a Sofía¿estas ahí?—digo moviendo mis manos sobre su rostro.

—¡Oh Dios! Pero que bella estas, no sabía que tenías un muy buen cuerpo —dice viendome de arriba a bajo.

—Vale,vale ya deja de verme así,mira que me va a dar vergüenza y no quiero cambiarme—brome mientras termino de bajar las escaleras.

—Pero es que mira—me doy una vuelta para que pueda verme mejor,ni siquiera sé porque la aliento —Tienes un cuerpazo envidiable,ya decía yo que esas clases de kárate y todas las actividades físicas en las que te inscribí darían un buen fruto,estoy orgullosa de mi,tengo una hija preciosa

—Ok Sofía esto ya se puso súper raro,¿por qué mejor no vamos a desayunar? muero de hambre—cambio de tema.

—Bien,bien—sube la manos en rendición—Yo solo decía—vira los ojos.

Entramos al comedor y ya se encontraban nuestros desayunos sobre la mesa,dejo mi morral en una silla y enciendo mi celular al hacerlo recibí una llamada ,veo la pantalla y era mi fastidioso y mejor amigo,John así que atiendo sin pensarlo demasiado

—¡Hola!—saluda efusivo y sonrió si poder evitarlo—Hola mi fea ¿Cómo estas?

—Tonto—escucho como ríe tras el teléfono —Pues bien mi feo y ¿Que haces llamado tan temprano niño?

—Perdon pues,no sabía que era un estorbo—se queja y río bajo por que se que no está enojado.

—Venga no seas tonto,sabes que no lo eres,es solo que me sorprende que llames tan temprano que yo recuerde jamás en la vida te parabas a estas horas, recuerdo que siempre llegabas tarde a la universidad

—Bien mi bella,tienes razón,creo que es porque necesitaba oirte, me haces una falta enorme enana—la nostalgia se hace presente en su voz mientras le escucho suspirar —Extrañaba oír tu voz

—Tu también me haces falta mi bello,pero ya sabes la triste realidad,tu y yo jamás podremos volver a estar juntos,no eres tu soy yo—bromeo.

—¡Estupida mis sentimientos idiota!

—No puedo contigo John juro que creí que mi día sería una completa mierda pero ya me hiciste reír,te amoooo—rio mientras alargaba la última palabra y este lo hace igual,su risa era muy agradable.

—Lo se,lo se, siempre te hago reir por muy mierda que este tu mundo,soy el mejor.

—Es verdad siempre lo haces—suspiro y viró mis ojos ante lo último que dice—¡ Pero que ego!recuerdame no alimentarlo más.

—Bueno mi fea te dejo,solo llamaba para escuchar tu voz y ver como estabas,te marco luego ¿Vale?—dice y se que trata de que no se note la tristeza en su voz,pero lo conocía tan bien que sabía que le era difícil decir eso,en si para ambos lo era,ya que el cambia había sido muy brusco,siempre hacíamos todo juntos y luego,que de la nada,ya no podamos hacerlo era extraño y difícil.

—Vale mi bello yo también quería escuchar tu voz,te quiero—sonrio—Hablamos luego.

—Bye bella.

El antes de colgar hace como si me mandase un beso y rio negando mientras dejo el movil nuevamente en la mesa.

—Tan bello John como siempre —rie Sofía —Me hubiese gustado como yerno—dice y yo abro los ojos en impresion.

—Sofía él es mi MEJOR AMIGO¿Qué te pasa?—hablo estupefacta.

—Yo solo digo—sigue comiendo como si nada

—Estas loca definitivamente —ella rie y yo la miro con algo de reproche pero después de bromear un poco,ambas terminamos nuestros desayunos.

Lavo mi plato junto a los cubiertos y el vaso que usamos,termino y los guardo subo a mi habitación y me cepillo,me pongo un poco de polvo junto con un poco de base para tapar mis pequeñas ojeras y aplico en mis labios un labial de color rosa,termino y bajo las escaleras ya Sofía me esperaba en la Chevrolet por lo que subo y un vez que pongo el cinturón de seguridad,ella empieza a manejar en dirección a la universidad,ya cuando llegamos pude ver que era un poco grande y que había muchos estudiantes en ella.

—Espero y te vaya bien—dice Sofía aparcando el auto.

—Si gracias—quito mi cinturón—¿Me vienes a buscar o tendré que irme sola a casa?.

—Todo depende de la hora de la que salga del trabajo—dice viendo su teléfono—Te mando un mensajes para confirmar ¿Vale?

—Vele,que te vaya bien—salgo de auto despidiendome con la mano y veo como ella se marcha.

Poso mi vista a la entrada y empiezo a caminar hasta ella,puedo sentir las vistas posadas en mí y noto a personas murmurando cosas entre ellas, solo los ignoro y sigo mi camino,ya dentro pude ver a varios grupos,los típico de una escuela o universidad, en un lado estaban unos chicos que aparentemente eran los malos fastidiando a una nerd, del otro lado los antisociales que caminaban como si le tuvieran miedo a ciertas personas a sus alrededores,otros donde estaban las plásticas esas que se creen las dueñas de todo,casi siempre son unas adineradas hijas de papá y mamá,y debo confesar que no me agradan las personas así, tan ridículas que se creen más que los demás y que por tener algún estatus social algo,pueden pisotear a los más débiles,pero decido no presentarles tanta atención y sigo mi camino solo que en eso siento que alguien tropieza conmigo...

Nota:¡Por favor! Comenten y regalenme su voto,de verdad estaría super agradecida con ese apoyo,pero sobre todo con el comentario ya que me gustaría saber qué piensan sobre la historia

Hay varias personas que critican al personaje principal y están en su derecho en hacerlo,pero deben ser conscientes que existen muchos tipos de personas,personas educadas,personas groseras,personas con distintos carácteres,y Meghan no es perfecta,no quise hacer un personaje perfecto,y si,puede que sea tosca y grosera,pero su personalidad no solo se basa en esas dos,como muchos piensan,creo que no se debe juzgar antes de conocer,pero respeto sus opiniones,en fin solo quería decir eso y quería recordarles que todos estos son personajes literarios y que estaré editando la historia,por que se que tiene diversos errores. Gracias

Si gustan pueden seguirme en instagram aparezco como zambrano_victoria

Nos vemos mi gente bella,enserio les quiero un montón

Besos bebes

# Capítulo 6.

-------------------------------------------------

M eghan.

La persona que tropieza conmigo,es el chico que las plásticas estaban molestando y ,por lo que pude notar creo que era alguien a quien tildarian de"nerd" ya que usaba pantalones color caqui, una camisa azul de cuadros con rayas blancas y holgada, tenía unos convers del mismo color y unos lentes un coco grandes,pero que a decir verdad para mi el no lucia como un nerd,si no como un chico adorable por como vestía ,también note que su tez era un poco más clara y que era más alto que yo,su cabello castaño y ojos verde claro, los cuales resaltaban muy poco dado a sus lentes,hacían verlo lindo pero lo que de verdad ,desde mi punto de vista,lo hacía más adorable eran las pequeñas pecas que tenía por todo su rostros,pero saliendo de mi escaneo un tanto largo hacía él,le extiendo la mano y lo ayudo a ponerse de pie dado a que cuando tropezó conmigo,se cayó.

—Oye,disculpame,no te vi—digo una vez que está de pie frente a mi.

—No fue tu culpa—susurra apenado y baja la vista ya que alguien estaba detrás de mi,volteo y veo a una de las plásticas,si así ya las había bautizado por que se notaban que había más silicona en sus cuerpos que otra cosa y más al darme cuenta que esa chica que tenía enfrente era,en este caso,una rubia teñida y¿Por qué teñida? Pues por qué que me di cuenta que ese no era el color natural de su cabello,pues sus raíces eran negras y el tinte ya se le estaba cayendo.

La rubia que me miraba con autosuficiencia y fastidio iba vestida con una falda casi que diminuta al igual que el top que usaba y que iba a juego con falda y tacones color rojo y debía admitir que no soy de juzgar a los demás,en si me da igual como la gente vista o como sean,pero se me es imposible no pensar de que ella exagero un poco con su atuendo y vuelvo a resaltar,no me gusta juzgar,pero considero que las personas debemos ser conscientes de que tipo de ropa debemos usar y cuánto podemos mostrar,es nuestro cuerpo si,pero creo que hay que darle un poco de respeto,por que a simple vista cualquiera diría que esta tipa vestia como si fuese a un bar y no a una universidad,así que amigos no es por nada,pero que hay que ser un poco lógicos a la hora de vestirnos.

—¿Y bien estupido que esperas?—el desagrado se hace presente en su voz—Ven aquí mira que no e terminado de jugar contigo—dice con el mismo tono y sus amigas empiezan a reírse como si la escena fuese lo más chistoso que pudieron haber visto.

—Ven—le extiendo la mano al chico de lentes—Vamonos de aquí.

—¿Y tu quién te crees para llevarte mi juguete?—me señala la rubia mientras frunce el ceño.

—Eso no es de su incumbencia señora—le doy una falsa sonrisa —Y si me disculpa me tengo que ir —el sarcasmo se instala en mi voz mientras la miro ponerse roja por lo que le e dicho.

—¿¡Cómo te atreves a llamarme señora!?

—Chico— la ignoro,ya que a los necios ahí que dejarlos con su necedad—¿Vienes conmigo o te quedas?—digo impaciente y algo fastidiada—Mira que no quiero seguir perdiendo mi tiempo.

Él solo asiente por lo que le tomo de la mano y a pesar de que siento como se tensa,decido ignorarlo y sigo caminado mientras que muchas miradas se posan en nosotros acompañado de murmullos,pero lo que mas resaltaba eran los gritos de la rubia que se escuchaban a medida que nos alejamos de ella y su grupito de amigas por lo que terminó virando los ojos ante lo ruidosa y escandalosa que era, acaso ¿No le da pena hacer ese tipo de escena?. Cuándo estoy en un pasillo en donde no habían tantas personas,me detengo y suelto la mano del chico de lentes y me viró en su dirección.

—Gracias por ayudarme —su voz sale en susurro una vez estoy frente a él.

—No te preocupes—ladeo una sonrisa—¿Me podrías hacer un favor?

—Por supuesto—hace una pausa y me mira con entusiasmo —Lo que sea, me salvaste hoy.

—Ok tranquilo chico —rio ante su cambio—Lo hubiese hecho por cualquiera,no soporto ver como maltratan a los demás —admito y veo como él intenta bajar la cabeza por lo que tomo su mentón y lo impido,por lo que dejo mi otra mano sobre su hombro, acción que lo hizo tensarse ante mí tacto— Jamás le bajes la mirada—sonrio—¿Me entiendes?eres libre y puedes hacer lo que quieres,jamas te dejes pisotear por los demás e ignoralos ya que son solo ignorantes que hacen que la sociedad en la vivimos, se convierta en una miseria total y personas así son un mal ejemplo—suspiro mientras miraba sus lindos ojos —Ellos no valen la pena,personas así no se merecen la atención de nadie,así que no les prestes atención,demuestra que no pueden contigo,que tú intelecto y clase están por encima de ellos,que no pueden herirte con sus palabras y malos tratos por qué eres fuerte y saldrás adelante¿Vale?

—Jamas había oído hablar a alguien así —dice y sus ojos brillan en ilusión, sinceramente este chico es adorable.

— Tranquilo eso eso normal en mí —rio mientras tomaba una peña distancia entre ambos—Son unos ataques de democracia que aveces me dan—bromeo un poco y hago que ría—Bueno¿Me podría llevar a la dirección por mi horario y guiarme a mi clase después?—rasco mi nuca un poco apenada,ya que siento que le estoy pidiendo demasiado —Por favor,es que no se en donde está.

—Claro que si—asiente varias veces y sonrió—Vamos que yo te guío.

Los dos vamos caminando uno a lado del otro,solo con la diferencia de yo levantaba la mirada cargada de seguridad y libertad,mientras que él lo hacía con la cabeza abajo,lleno de temores e inseguridades,cosa que me causo un poco de tristeza,ya que no podía dejar de pensar de que todos somos seres humanos fuertes y capaces de hacer lo que queramos sin objeción ni opresiones,de somos libres y capaces de hacer valer nuestros derechos y no dejar que nadie nos pueda opacar o hacer sentir mal y sabía de sobra,que él ,lo estaba pasando muy mal,quizás debería ayudarlo,fue lo que pensé mientras lo miraba de reojo a medida de que ambos íbamos avanzando.

Luego de un rato caminando llegamos a la dirección,por lo que entre y él me espero afuera,cuando me dieron mi horario de clases,me despido de manera cordial de la secretaría y salgo de la oficina,topandome así nuevamente con el chico de lentes.

—¿Que salón te tocó? —pregunta una vez que suena la campana,está avisa que ya empezarían las clases.

—Ire al A—digo mostrando mi horario—Estudio idiomas¿Y tu?

—Que suerte es la misma en la que voy,yo también estudiaré Idiomas—sonrie y hago lo mismo —Por cierto me llamo Daniel Braun¿y tu?.

—Un gusto Daniel,me llamo Meghan Smith —le extiendo la mano y este la estrecha—Braun es mi segundo apellido.

—Lindo nombre—dice un poco rojo y abre los ojos cuando le digo que ambos compartimos el mismo apellido —¡Eso es genial!

— Igual Dani —hago una pausa y río por su entusiasmo—Por cierto¿No importa que te diga así?¿verdad? —pregunto y niega,por lo que luego empezamos a caminar.

Y bueno,aquí estaba yo caminado por los pasillos con Daniel y que irónico había dicho que iba a alejar a todos de mi y que no tendría amigos por que quería consultarle en mis estudios,pero resuelta que ahora tengo como acompañante a un chico al cual tratan mal y que quiero ayudar pero en fin,son cosas de la vida¿no?.Luego de estar hablan un poco sobre la universidad y que solo había dos secciones del último A y B,para los estudiantes de Idioma ya que no era una pretensión muy atrayente aquí y que de paso varios estudiantes de distintos carreras la llenaban,ya que la matrícula era muy escasa y por lo visto aquí podían hacer una carrera doble,cosa que yo había hecho solo que con la diferencia de que ya me había graduado hace unos meses de Comunicación Social,por que si,eso era lo que estudiaba en California,así fue que conocí a mi mejor amigo Jonh y me gradué un año antes por qué al saber que me mudaria y que lastimosamente no podría graduarme con él y mis demás compañeros, decidi hacer un examen final,que ya me habían propuesto por lo inteligente que era y que tome dado a que me iba del país y logré pasarlo con honores,por ello ya tenía mi título en Comunicación Social y estudiaba Idiomas ya que siempre fue algo que me llamó la atención y que iba bien con mi otra carrera,no presente pruebas ya que no me había dado tiempo,por lo que culminaría aquí mi carrera.

Una vez que llegamos hasta el salón de clases,la puerta ya estaba cerrada,lo que significaba que ya habían empezado las lecciones,por lo que tragando en duro tocó la puerta y tras unos segundos,esta es abierta por un señor que supuse era el maestro.

—Señor Braun ¿Qué son estas horas de llegar?—la pregunta va hacía Daniel y veo como el señor está algo molesto.

—Fue mi culpa señor, yo soy nueva y le pedí ayuda al señor Braun —digo rápido y esperen ¿Le dije señor a Daniel?,si lo hice, por lo que mentalmente me rio— De verdad no fue mi intención causarle un retraso a mi compañero.

—No se preocupe señorita—él señor cambia su semblante y se hace aún lado de la puerta —Joven Braun entre y tome asiento.

—Guardame un puesto—le susurro a Daniel una vez pasa por mi lado y asiente.

—¡Bien clase!—aplaude y llama la atención de todos los estudiantes—Hoy tenemos una estudiante nueva,por favor señorita—él se vira hacía mi—Entre—le hago caso y puedo ver cómo varias de las plásticas estaban aquí junto a otros chicos que creo y pertenecían a los populares,no me extraña que estén aquí ya que Daniel me explico que habían varias personas que estudiaban otras profesiones aquí,y esto también sucedía por que la gran mayoría de ellos pertenecían a familias adineradas que buscaba que sus hijos aprendiecen otros idiomas y más por las ventajas que llevaba el saber otra lengua a parte de la materna,en distintas carreras,como por ejemplo Comunicación Social,la mía.

—Un gusto mi nombre es Meghan Smith,vengo de California —uso un tono de voz pausado y serio mientras estaba enfrente de la pizarra —Y espero llevarme bien con todos ustedes—finalizo y puedo ver que varios lucían asombrados por la seriedad y frialdad de mis palabras.

—Bien señorita Smith mi nombre es Carlos y soy su profesor de Idiomas, por favor tome asiento— pide el maestro mientras llega a mi lado y señala unos pupitres.

Asiento y hago lo que me pide,por lo que camino hacía donde se encuentran sentado Daniel mientras que siento la mirada de muchos sobre mi,pero solo los ignoro¿Esta gente no puede dejar de verme? Suelto un suspiro y me siento junto a Daniel para luego prestarle atención a las clases y en si eso no duro mucho ya que el tema que el profesor Carlos estaba tratado,lo había estudiado en vacaciones por lo que ya sabía sobre el y escucharle hablar me aburría un poco,por lo que cuando estoy a nada de quedarme dormida,la moleta campana me hace sobresaltar.

—Que fastidio —me quejo ante el sonido —¿Qué tenemos ahora?—le pregunto a Daniel quien se encontraba recogiendo sus cosas,por lo que poniéndome de pie hago lo mismo.

—Tenemos nuestro descanso,que consiste en una hora—dice saliendo del salón junto a mi.

—¡Wow genial!—digo impresionada ya que tenemos mucho tiempo para descansar—Ahora quiero ir a la cafetería ¿Aqui hay?

—Si—rie ante mí pregunta—Deja y te llevo.

Una vez que entramos a la cafetería abro un poco los ojos mientras veo como el lugar estaba repleto de demasiadas personas y que la fila para poder pedir la comida era enorme,definitivamente no saldríamos nunca de aquí.

—¡Dios la fila es muy larga!—me quejo sin poder evitarlo mientras miro a Daniel—Nunca podremos comer,ya entiendo por qué dan tanto tiempo de descanso,solo haciendo la fila para comer te gastas unos cuarenta minutos—comento y sé que exagero un poco.

—No es para tanto.

ERES MÍA                                39

—Vamos,en serio esta fila esta largisima—la señalo.

—No importa,ven vamos hacer nuestra fila—dice emocionado y como si fuese lo mejor del mundo,yo solo suelto un bufido y le acompaño.

—Y bien Daniel ¿Por qué te dejas amedentrar por los demás? —pregunto de manera directa mientras avanzo, ya que al menos la fila lo hacía.

—Es que ellos tienen más poder que nosotros y no podemos hacer nada—habla detrás de mí y por como lo dice,se que esta un poco triste.

—Tranquilo —volteo a verlo—De ahora en adelante yo te protegere.

—Gracias—ladea una sonrisa— Pero no quiero que te metas en problemas por mi culpa.

—Creeme chico—ladeo una sonrisa al recordar los problemas en los que me habia involucrado—Esto no es nada comparado con los problemas en los que he estado.

Yo en mi antigua universidad no era una nerd ni nada de esas cosas,si vamos al caso de usar esas etiquetas de populares,nerd,frikis etc... Pero si me buscaban me encontraban y por ello me metía en ciertos problemas y perdía un poco el control de mis emociones dado a que mi temperamento era muy volátil, así que aveces me agarraba a pelear con otros que me insultaban,intentaban tratarme mal o con personas que buscaban agredirme de manera fisica y como sabía cómo defenderme,ya que sabía un poco de Kárate en muchas ocasiones tenía la ventaja,es por eso que aveces me bajaban ciertos puntos en mi rasgos personales,debido a mi mal comportamiento,pero no le prestaba tanta atención ya que, académicamente,era la mejor de mis clases,así que esos pequeños puntos que me restaban no me resultaban tan relevantes u importantes.

Una vez que logramos terminar la fila nos disponemos a pedir nuestros alimentos y en ello pude ver que Daniel pedía,casi toda su comida,con muchos vegetales mientras que en mi caso,pedí una hamburguesa de carne acompañada de papitas fritas,un jugo de naranja, un yogurt de fresa y una barra mediana de chocolate,lo se era mucha comida, pero no me importaba,ya que una de mis ventajas era que podía comer de todo sin engordar y bendito sean todos los dioses por eso, luego nos fuimos a sentar en una de las mesas que se encontraba cerca de la entrada y antes de que pudiese decirle algo a mi compañero,mi vista cae en unos chicos que iban entrando...

Nota:Bueno amores ¿Cómo han estado? Espero y bien,por favor no olviden votar y dejar su comentario,me gustaría saber qué les va pareciendo la historia.

Por cierto¿A quien más le pareció tierno Daniel?

Si gustan pueden seguirme en instagram aparezco como zambrano_victoria

Nos vemos bebés,recuerden que estos capítulos están siendo editados (por lo que espero eliminar todos los errores que pueda) y recuerden también que hay algunas cosas que se han agregado.

Besos,les quiero un montón.

# Capítulo 7.

-------------------------------------------------

E^than

Despierto por la alarma por lo que la tomo y apago de inmediato ya que tenía un enorme dolor de cabeza y eso era debido a que ayer por la noche me la pase bailando y tomando mucho alcohol,vuelvo a ver la hora y noto que ya había perdido mi primera clase,pero no me importa mucho ya que soy el Alfa y nadie podía reclamarme algo,y si en la universidad la gran mayoría eran lobos,por lo que mi jerarquía me daba bastante privilegios. Me muevo y puedo sentir un cuerpo al lado mío por lo que giro levemente mi rostro y veo a una chica rubia acostada sobre mi cama con una de las sábanas cubriendo un poco su cuerpo y joder que noche abre tenido que ni me acuerdo cómo llegue hasta aqui,en eso ella empieza a moverse hasta abrir sus ojos.

—Alfa,bueno días —ella sonríe y acercándose a mi,intenta besarme.

—Buenos días—mi saludo sale serio mientras evito su beso, levantándome de la cama—Ya puedes irte.

—Bien,cuando quieras llamame—veo como se levanta y camina hacia mi—Estare esperando—su tono de voz refleja pura seducción mientras me mira.

—Bien,adios —me alejo dando un paso hacia atrás —Cierra la puerta cuando salgas y recoge todas tus cosas.

Y sin esperar una respuesta por su parte me adentro al baño,tomo una ducha y al escuchar como ella sale y cierra la puerta,termino por relajarme. Salgo con una toalla enrollada en mi cintura,me acerco a la cama y ahí veo un papel con un número de teléfono,era obvio que pertenecía chica rubia de hace un momento,por lo que solo lo arrugo y boto a la papelera,lo nuestro solo fue sexo de una noche y nada más,voy al closet y saco unos pantalones negros que se ceñian un poco a mis piernas,una camisa de vestir blanca junto con una corbata negra y una chaqueta de traje del mismo color,rara manera de vestir,lo se y se que también luce incomoda,pero ya estaba acostumbrado a ella ya que al ser un alfa siempre, segun mi padre, debía vestir de traje para demostrar mi importancia y autoridad en este lugar,en otras palabras debía influir respeto y clase,mostrar que estaba por encima de todos,pero bueno,está vestimenta solo la usaba en algunas ocasiones ya que en las prácticas de fútbol y salidas,vestía un poco más casual. Pongo mis bóxers blancos y me visto por completo,dejo mi cabello un poco desordenado y cogiendo mi Rolex de oro,el cual fue un obsequio de mi madre,tomo mi mochila y teléfono para luego caminar hasta la salida e irme al comedor.

—Joder me duele la cabeza—escucho como Matthew gruñe.

—Dimelo a mi—se queja Jeremy—Creo que me va a explotar.

—Estoy de acuerdo, contigo creo que nos pasamos ayer—digo una vez entro al lugar antes mencionado.

—Si pero bien que la disfrutaste o ¿crees que no vimos salir de tu casa a una sexy rubia?—se burla Adam

—Eso si es verdad, Ethan ¿que tal estuvo la chica?—pregunta Matthew tomando una pastilla y pasandonos una a todos.

—Te juro que te dijera pero no me acuerdo de nada—tomo mi pastilla para luego coger un vaso con agua y tomarmela—¿Y ustedes?

—Yo amanecí con una morena que Dios ayer nos dimos con todo— Adam muerde su labia inferior y todos reimos ante su descaro.

—Bueno yo estuve con una ardiente pelirroja que me dejó hasta marcas— Matthew empieza a mostrar su cuellos y evidentemente tenía varios rasguños— Me encanta que sean fieras en la cama.

—Yo...—dice Jeremy —Mm mejor no digo nada.

—¡Puto Dinos!—exclamamos todos.

—Es que no me lo van a creer—se enoje de hombros mientras ríe.

—Claro que si,todos sabemos que eres muy macho —se burla Matthew mientras se da un leve golpe en el pecho.

—Estuve con dos gemelas—dice y todos abrimos los ojos.

—Matthew creo que te acaban de quitar el puesto de numero uno—digo burlón.

—Mmm no superas mi cuarteto con unas turistas que conocí en un club y todos lo saben—dice orgullo,mientras hace un movimiento con la mano en señal que le restaba importancia.

—Creo que pasaste al tercer lugar Ethan —se burla Adam mientas me mira con malicia.

—Bien,bien no importa—viro los ojos—¿Alguien sabe en donde esta Lucas?—pregunto y él mencionado aparece.

-—Dios me duela la cabeza—el antes mencionado hace su aparición por lo que le extiendo una pastilla para el dolor de cabeza —Mierda me duele el cuello-—gruñe bajo mientras se toca el cuello y todos vemos un chupetón sobre el.

—¿¡Coño eso es un chupeton!?-—grita Jeremy sin poder creer lo que sus ojos ven.

-—Esto acaba de pasar a la historia señores,nuestro amigo Lucas alisas no rompo un plato— empieza a burlarse Matthew y todos reimos mientras que el pobre Lucas esta más rojo que un tomate—Tuvo una noche muy alocada.

—¡Matthew ya para!—hablo entre risas y siento que llorare de tanto burlarme—¡Mi cabeza!—me quejo al igual que Adam quien reia sin parar.

— Vamos Lucas cuenta ¿Qué paso hombre?

—¡Por dos,yo quiero saber !—pide Jeremy —¡Dinos!¡Dinos pendejo!

En eso todo esperamos a que Lucas contara su aventura pero cuando iba hablar vimos entrar a un pelinegra que para decir verdad era jodidamente sexy, alta con buenas curvas,grandes pechos, piernas firmes,glúteos carnosos al igual que sus labios,sus ojos eran de un color azul claro y sin duda me atrevía a decir que ella parecía toda una modelo y más por que el vestido azul que llevaba y que no era tan corto o revelador,le quedaba jodidamente bien,esta mujer se veía distinta a las demás,incluso se notaba la clase en ella.

—Hola alfa—-me saluda y yo solo sonrio—Beta,Delta —saluda a Matthew quien la ve descaradamente junto con Jeremy que prácticamente se le cae la baba mientras la mira—Adam—el mencionado sonrie coqueto,pero ella ni pendiente —Hola hermoso—ve a Lucas quien al igual que nosotros queda estupefacto y se acerca a él —-Fue la mejor noche de mi vida—-le susurra,pero la escuchamos dado a nuestro desarrollado oído que permitía que escucharemos hasta el ruido más mínimo —Espero volver a verte,eso me gustaría mucho—-ella le da una sonrisa tierna y luego le da un beso casto en los labios—Cuidate cariño—le guiña un ojo y besa su mejilla,para luego despedirse de nosotros y marcharse.

—¡Joder!¡Y más joder!—-grita Matthew —¡¿Cómo hiciste para tener una diosa así?!—pregunta usando el mismo tono de voz.

-—De verdad yo también me hago esa pregunta,o sea lo creería de estos idiotas —dice Adam señalandome a mi y a Matthew —-Pero de ti nunca Lucas,tu eres él más santo.

-—Haber hombre revela el secreto¿Qué hiciste? —-pregunta Jeremy intrigado.

-—De verdad no se que paso yo tampoco me la creo,yo no soy así no se que paso conmigo,solo desperté con dolor de cabeza y marcas en mi cuerpo,así que solo me vesti y baje por algo de comida y pastillas para el dolor de cabeza y cuando veo a es chica y me habla así y hasta me besa-—hace Lucas una pausa-—Dios que frustrante—gruñe mientras tira leve de su cabello —No se que paso conmigo y mi autocontrol—dice estresado para suelo soltar un largo suspiro—-Aun que me gusto—finaliza y todos reimos.

-—M pequeño esta creciendo -—dramatiza Matthew y aparenta que seca sus lágrimas.

-—Joder hijo, que orgullo-—Jeremy aparenta ser un padre orgulloso —Falta que se nos case.

-—Ya,ya dejen al pobre aún que estoy orgulloso de ti,ya no eres tan aburrido como pense —bromeo haciendo que todos,incluyendo Lucas,rían.

Luego del desayuno todos subimos a unos de mis tantos autos,y apesar de que cada uno de mis amigos contaba con uno propio,no se sentía con la disposición de manejar por lo que todos vamos en mi Chevrolet último año azul marino,el viaje transcurrió entre risa y comentarios de lo sucedido en la noche anterior ,hasta que llegamos a la universidad bajamos y de inmediato las miradas se posaron en nosotros cinco,muchas chicas nos sonríen y hasta nos giñaban los ojos pero solo las ignoramos y nos adentramos al lugar ya que no estábamos interesados en la atención de ninguna de ellas y al estar dentro ,pasa lo mismo,mis amigos y yo nos sentimos los dueños del lugar ya que todos a nuestro al rededor dejaban de hacer lo que estaban haciendo para vernos y darnos sumisión,era un poco aburrido tanta atención pero tampoco me quejaba tanto,por que mentiría si dijera que no me gustaba resaltar,era que solo aveces era un poco tedioso recibir tanto acoso y más por algunas chicas a nuestro al rededor,que se ponían pesadas y muy intensas.

-—Ya sano el timbre,creo que tenemos que ir a la cafetería —dice Lucas.

-—Vale estoy de acuerdo ya que aunque comi en casa tengo mucha hambre -—dice Adam mientras miraba su celular.

-—Igual,ayer perdí mucha fuerza-—bromea Jeremy y no podemos evitar soltar todos una risa ya que no había que ser un genio,para saber que sus palabras tenían doble sentido.

Seguimos nuestro camino hasta que mi lobo, Dan empieza a ponerse inquieto al igual que yo,está era una conexión que tenían todos los licántropos con su lado animal, eso le llamábamos Link o enlace.

—¡Mate! ¡Mate!—grita desesperado Dan en mi mente y casi siento que quiere salir.

—¿Qué?-—hablo sin creerme sus palabras.

—Imbécil ¿BUSCA A MI MATE!-—escucho como ruge dentro de mí.

— Nuestra idiota,ella no es solo tuya—reprendo con cierto enojo.

—No me interesa solo buscala—dice mientras cierra nuestra conexión.

Me tengo una vez que entro a la cafetería de inmediato puedo percibir un olor a fresas,con menta y chocolate,¿Ese el olor de ella?de mí mate,mí luna,¿En donde esta? Empiezo a buscarla con la mirada,pero en eso siento que me llaman.

-—Hermano¿Estas bien?—pregunta Matthew quien me queda viendo al igual que los demás.

-—¿Donde esta?—pregunto mientans miro distintas partes del lugar,había demasiada gente y que fastidio.

-—Ok,esto esta raro¿Enloqueciste?-— Jeremy frunce su ceño.

-—Ethan ¿Qué te pasa?—-este fue Adam quién luce preocupado.

-—La encontre-—digo viendo a una chica de piel un poco morena,con un color de cabello tan negro como la noche,sus ojos eran azules oscuro y no pude evitar posar mi vista en su cuerpo el cual era jodidamente sexy,mi vista cae sobre todo en sus piernas cubiertas por esas medias que le llegaban a sus rodillas y nuevamente mi vista cae sobre su rostro,ella era hermosa,pero al notar que junto a ella estaba Daniel,no puedo evitar sentirme enojado—-¡Joder!—gruño bajo y aprieto mis puños al mirarlos juntos,sentía que los celos me estaban asfixiando.

—-Encontro a su mate—dice Lucas y ve a mi mate y se que es mi amigo,pero justo ahora me sentía tan molesto que hasta lo veía como una amenaza—Miren ahi—la señala y todos voltean a verla,debo calmarme no puedo caerle a golpes a ninguno de ellos,me repito.

-—Es la chica nueva-—susurra Matthew.

-—¿Qué dijiste?-— pregunto calmandome.

-—Ella es Megan Smith la nueva—me recuerda Adam.

-—Si que esta buena-—dice Jeremy y viró mi rostro en su dirección,obvio me enoje por su comentario—Hermano tranquilo se te va a salir una vena del cuello—rie—Y sabes que nosotros no, nos metemos con las chicas de nuestros hermanos,eso fue solo un cumplido.

—-Es verdad—apoya Matthew mientras pasa uno de sus brazos sobre los hombros de Jeremy —-Ademas no hay que negar que esta buena.

—-Me agradan y lo saben,pero si no se callan juro que descargare las tremendas ganas que tengo de querer golpear al puto nerd de Daniel que no se despega de ella,con todos ustedes—-hablo entre dientes y estos solo levantan las manos en rendición.

-—Bien,bien y¿Qué ue haras ahora?—pregunta con curiosidad Lucas

-—No se,pero me tienen que ayudara-—pido y todos asienten—Ella será mía lo quiera o no—hablo de manera firme mientras la veia y se que parezco un jodido posesivo,pero no podía evitarlo,no podía evitar la enorme necesidad que tenía por ella...

Nota:¿Qué les parece el capítulo?¿Qué les pareció lo de nuestro Lucas? Si les gusto el cap,no olviden votar o de dejar sus comentarios,de verdad me gustaría mucho poder leerles.

Y bien¿Que creen que hará Ethan? Ese tipo tiene serio problemas,¡póngale una camisa de fuerza! Jajaja

Si gustan pueden seguirme en instagram aparezco como zambrano_victoria

Besos amores míos.

# Capítulo 8.

------------------------------------------------

M eghan.

Veo a cinco chicos entrar a la cafetería los cuales a decir verdad son muy guapos en eso él mas lindo de ellos me queda viendo, al principio me dio igual así que lo ignore pero aún sentía esos ojos azules profundo viendome por lo que me volteo y efectivamente,si me estaba observando y lo hacía como si fuese un cazador en busca de su presa,luego vi como vio mal a Daniel y se tenso, sus amigos hablaban con él y uno de ellos me señala de inmediato me sentí mas incómoda de lo normal,hasta que veo que frunce el ceño y empieza a ponerse un poco rojo y esto ya esta raro volví,por lo que me viro hacía mi comido y sigo comiendo con normalidad, pero no podía del todo,pues aún sentía esa mirada azules sobre mi,por lo que algo incomoda dejo de comer y me levanto de la mesa.

-¿Estas bien Megan? -Pregunta repitiendo mi acto Daniel.

-La verdad no-digo viendo hacia atrás -Vamos a comer a otro lugar,creo que hay muchas personas aquí y me duele la cabeza -miento,ya que me apenaba decirle que por ese chico de ojos azules era que me quería ir.

-Bien-toma su bandeja-Vamos a las gradas allá no van casi personas y las que van es para ir a la cancha a practicas futbol y es muy amplio el lugar.

Los dos salimos de la cafetería mientras Daniel va detrás de mi, yo me pongo mis auriculares y empiezo a escuchar la voz de Shawn Mendes cantando "Mercy" mientras que paso por una salida que daba hacía las gradas y cuándo voy subiendo,me percato que Daniel no me acompaña así que volteo y al hacerlo,lo veo tirado en el suelo recibiendo patadas de él chico que hace rato no me quitaba la mirada de encima y siendo rodeados por aquellos chicos que le acompañaban en la cafetería,quito mis auriculares y dejando la bandeja en la grada,bajo rápido haciendo que ellos se percaten de que voy hacía donde estaban.

Ethan.

La veo levantarse e irse con el puto nerd,de inmediato Dan y yo explotamos en ira y si no hubiese sido por los chicos juro que me transformaba y le arrancaba la cabeza sin importarme que hubiesen personas a nuestro al rededor por qué¿Quién se creía ese estupido para irse con ella?

-Joder hombre calmate-me toma Matthew por los hombros.

-Nunca te había visto de esta manera, ni cuando peleábamos o cuando tus padres te castigaban-interviene Adam y se que esta nervioso.

-Es su mate es normal que actúe así -dice Lucas y todos le lanza una mirada asesina,por lo relajado que se veía.

-¡Maldita sea!vamos a seguirlos quien sabe que puede pasar -digo y todos los empezamos a seguir.

Puedo ver que ella se pone a escuchar música mientras que el nerd esta callado,por lo que aprovecho esl y le digo a los chicos que jalen al nerd por los brazos,y sin pensarlo dos veces estos lo hacen,está acción hace que de inmediato caiga al suelo de una manera brusca,pero no me importo una mierda si se lastimaba.

-Ahora si maldito nerd, me conoceras -le doy una patada y gruño-Te dije por el Link de la manada-menciono la conexión que un hombre lobo tenía con los demás -Que te alejaras de ella ¿verdad?-mi voz sale amenazante mientras que los chicos nos rodean -Pero no me hiciste caso y solo me ignoraste-le doy otra parada,estaba más que furioso,no le iba a hacer nada,pero le había dicho que se alejara por qué ella era mi Mante, pero se hizo el tonto y siguió detrás de ella-Ahora pagaras tus consecuencias por no alejarte de ella cuando te lo pedí de buena manera y por desobedecer a tu Alfa.

En eso le doy otra parada en el estómago,y más frustración sentía por que Dan quería tomar el control y luchaba por que no lo hiciera,ya que sabía de sobra que este era capaz de matarlo ,estoy tan segado por la ira que no me percato que mi luna estaba caminando hacía nosotros y que cuando está cerca de mi, me empuja con fuerza, provocando que me separara del nerd y trato de calmar mi respiración,que estaba agitada.

-¡PERO QUE BESTIA!-Ella gritando más que furiosa-¿¡Quieres matarlo imbécil!?

Y esa fue la gota que derramo el vaso, le hubiese pasado lo de bestia pero de ahí a que me llamara imbécil, jamás a mi se me respetaba y aún que sea mi luna tiene que aprender hacerlo,empezando por que yo no le había faltado al respeto,así que la tomo de las manos fuertemente y la apego a mi,una corriente eléctrica pasa por mi cuerpo e incluso Dan me dice que la perdone y que la hagamos nuestra de una vez,pero me ofendio enfrente de mis amigo y eso no se lo aceptaría a ella ni a nadie.

-¡Uno,A mi me respetas!-levanto la voz sin esconder mi enojo-Dos no me vuelvas a gritarme,tres te quiero lejos de el maldito nerd,cuarto eres mía y quinto desde hoy en adelante no estarás con nadie que no sea yo¿Comprendes?-digo y la suelto bruscamente haciendo que sin querer caiga al suelo,mierda creo que me pase y cuando intento levantarla,ella lo hace por si misma.

-Uno yo respeto a quien se lo merece-se acerca a mi,mis amigos quedan estupefactos por como me responde y yo vuelvo a enojarme-Dos yo le grito a quien se me de la gana,es mi vida por lo tanto yo pongo mis reglas,tres no me alejo porque es mi amigo y yo no sigo ordenes de nadie y mucho menos de un tirano como tu-me mira de arriba hacia abajo-Cuatro yo no soy de nadie ,yo no soy un puto objeto que puedes tener cuándo se te de la gana y quinto-ya la tengo lo suficientemente cerca de mi a tal punto de que nuestras respiraciones mezclarse entre si- Jamás estaría con alguien como tú - finaliza y sin que pueda verlo venir,ella me proporciona una fuerte patata en la entrepiernas, haciendo que caiga de rodillas con un dolor de los mil demonios.

-Me las pagaras mocosa-me quejo.

-¿Aceptas tarjetas o cheques?-dice burlona y puedo ver cómo ayuda al maldito nerd-Venga Daniel ya no te harán más daño,no lo permitire-lo levanta y eso me da coraje a mi es a quien ella tiene que hablarle así y ayudar a curar sus heridas y no a ese puto,gruñó al ver la escena.

-¡Joder haz algo estupido! -dice Dan a través del Link,puedo sentir que esta celoso y triste,y lo entiendo,yo quiero que ella nos ame y nos diga lo mismo que le dijo al puto nerd,quiero que también nos mire con esa ternura que le regala a él.

-Idiota me dieron en mis amigos y dejame decirte que no fue una patadita pequeña juro que no podre caminar,ahora jodete que ella será nuestra de todos modos y dirá que nos ama.--comento para tratar de calmarlo ya que su inquietud no me dejaba pensar con claridad.

Una vez que la veo alejarse con el nerd, mis amigos van en mi ayuda y Dios,si que estoy enojado.

-Hermano eso si que fue fuerte-dice Jeremy mientras me ayuda junto con Matthew,la chica si que me había dejado fuera de combate,sentía que esa patada me dejaría sin descendencia.

-¡Pero que mujer para caliente,Dios jamás vi una así!-Matthew empieza a reírse.

-Tiene agallas, la chica sin duda será una buena luna-comenta Lucas, él siempre tan firme.

-¿Ethan que tal tus amigos ahí bajo?-y este cagón tenía que ser Adam,quién se burla al verme recuperarme de tremenda patada.

-¡Joder malditos putos! dejaron que ella se fuera-digo ignorando sus comentarios y el dolor de mi entrepiernas.

-Aja si imbécil y que después en uno de esos trances de posesividad vinieras y nos mataras a todos por tocarla-dice sarcástico Matthew y en parte tenía razón quizá hubiese perdido la cordura,para un lobo que apenas encuentra a su pareja,le resulta difícil poder controlar esa posesividad por su pareja,nos hace actuar un tanto primitivos e instintivos y aún que nos tratamos de controlar,no era nuestra culpa ya que estaba en nuestra naturaleza actuar así,era casi inevitable.

-Tiene razón Matthew, estabas muy alterado y podías haber hecho una locura Ethan-Lucas apoya.

-Bien,bien tienen razón-suspiro cansado- Ahora tengo que buscarla -digo y empiezo a caminar -¡Joder!-me quejo ante el dolor en mi zona íntima-¡Maldita sea jamás me había pasado una mierda así!-gruño,me sentía hasta humillado.

-¡Qué jode hombre no puedo contigo!pero que luna para fiera-ríe fuerte Adam mientas me daba una palmada en la espalda.

Lo ignoro y seguimos nuestro camino una vez que se me pasa la molestia,las clases transcurrieron normal y para ser sinceros no les preste mucha atención ya que no dejaba de pensar en mi luna y en donde podra estar,y para ponerme más celoso me entere que estamos en el mismo salón,en el cual daban Idiomas y si a pesar de que estudiaba esa carrera en si,la veía por petición de mis padres,ya que querían que aprendiera a dominar distintas lenguas,lo cual ya hacía,pero no dejaron de molestarme hasta que decidí aceptar y vaya que ahora sí me parecía una buena elección,solo que me estresaba el hecho de que no había rastro de ella ni del nerd por el salón y ojala que ese estupido no le haya puesto un dedo encima porque ésta vez nada impedirá que le hiciera mucho daño o dejo de llamarme Ethan Black...

Nota:Bueno bebés como que se puso intensa la cosa jajajja,pobre Ethan casi me lo dejan sin hijos.

¿Qué tal les va pareciendo la historia? Si les gusta no olviden votar y dejar su comentario

Si gustan pueden seguirme en instagram aparezco como zambrano_victoria.

Les quiero mucho,nos vemos nenes.

# Capítulo 9.

M eghan.

Luego de lo que paso en la universidad lleve a Daniel al hospital ya que estaba muy herido y de verdad me sentía muy culpable por lo que le había pasado,esa bestia la odio,por su culpa el pobre de Daniel tenía varios hematomas por su cuerpo y cuatro costillas rotas,así que no podrá ir a la universidad ya que tenía que guardar mucho reposo, después de que terminaron de examinarlo me ofrecí a llevarlo a casa,la cual, una vez que estuvimos ahí,pude ver que era un poco más pequeña que la mía y que estaba a unos cuantos metros,de distancia,del bosque y ha decir verdad vivía tres cuadras más arriba de donde yo vivía ,por lo tanto mi casa quedaba en la última cuadra de la urbanización,lo que daba también a entender que mi hogar estaba más cerca del bosque. Ya adentro le ayudo a subir a su habitación y le ayudo a sentarse sobre la cama,desde que estábamos en el hospital y salimos de dicho lugar,ninguno de los dos había mediado una palabra sobre lo ocurrido.

—Daniel—rompo el incómodo silencio —De verdad disculpame por lo que sucedio,me siento tan culpable aún que no se porque esa bestia actuó así si—frunzo el ceño—Yo ni siquiera lo conozco,jamás en mí corta vida lo había visto¡ags es un loco!—me quejo y me siento en la cama junto a él—De lo lamento—un largo suspiro sale de mis labios mientras le miro—Entiendo si ya no quieres hablar más conmigo.

—Tranquila Meghan—el deja una de sus manos sobre mi hombro y lo aprieta leve—No fue tu culpa—ladea una sonrisa y me relajo un poco—Es más, gracias —cuando agradece le miro sin poder entender el ¿Por qué? De su agradecimiento, ya que por poco lo vuelven papilla por tantas patadas que recibió ¿Acaso tantos golpes le hicieron enloquecer?.

—¿Cómo puedes darme las gracias?—lo miro con cierta incredulidad —Si por mi culpa casi te matan ¿¡Estas loco Daniel!?

—Te las doy, porque nunca nadie se había preocupado así por mí, además de mis padre claro y me sentí bien además eres mi amiga—sonrie cuando dice eso— Y me defendiste o ¿crees que no vi cuando le diste esa patada en la entrepiernas a Ethan? —cuando dije eso no pude evitar soltar una fuerte risa al igual que él, ya que al recordar la escena no puedo evitar pensar que fue un poco graciosa—Aunque estaba en el suelo, pude ver todo.

—Tienes razón pero se lo merecida, primero porque te pego y segundo por el montón—hago una mueca sin poder evitarlo—De bobadas que me dijo y por cierto—hago una pausa mientras me viraba para poder verle de frente—¿Quién es chico que se cree la gran cosa?

—Se llama Ethan Black—veo como traga en duro al pronunciar el nombre de la bestia esa—Y es él alfa de esta manada —dice y ¡WTF!¿Qué manada?¿Qué le pasa a Daniel?¿Por que usa ese término?

—Daniel, creo que esa paliza te dejo con el cerebro un poquito afectado, por qué ¿Qué manada? ¿Qué Alfa? Eso es de hombres lobos y dejame decirte que esas cosas no existe y dudo que seas tan rarito como para usar ese tipo de terminos sobre las personas y también en este caso, sobre este lugar cuando dices "manada".

—Si existe Meghan y como eres mí amiga—suspira mientras su mirada se torna sería—Bueno la única que tengo,para ser sincero—se levanta de la cama y le miro extrañada ¿Por qué se levanta?—Quiero que sepas,lo que soy verdaderamente.

Trato de hacer que se siente nuevamente ,ya que me preocupaba su salud,pero es muy terco y no deja que lo ayude a sentarse de nuevo,es más él empieza a quitarse la camisa y los zapatos,yo trato de impedirlo pero no logro nada,así que una vez que quita su camisa veo como,de la nada,sus huesos empiezan a partirse por lo él gime de dolor y no puedo evitar mirarle escandalizada ¡¿Qué está pasando aquí Jesucristo?!. Pero lo que me dejó casi sin habla fue cuando lo vi transformarse en un enorme lobo el cual,según yo,creo que tenía una altura de más de dos metros,él lobo era de color marrón casi como el chocolate y se que era Daniel ya que los ojos del imponente animal eran verdes,eran el color de los ojos de mi amigo,él era Dani.

—¡Joder Daniel!¿pero que mierda? —practicamente chillo una vez que sali de mi trance y me acerco a tocarlo—Eres hermoso, me gusta mucho tu pelaje—admito mientras los acariciaba,era como el pelaje de un perrito,un perrito demasiado grande —Además ¡Wow! eres muy alto en comparación al tamaño de un lobo normal—rio y sin poder contenerme más,lo abrazo haciendo que él moviera su cola y supongo que era por qué estaba contento,digo esto porque me guío de las reacciones que tienen los cachorros cuando uno los acaricias y a pesar de que sabía que él obviamente no era un perrito,ellos son como parientes de los lobos y tienen bastante similitudes,así que es válido que deduzca eso—Creo que ya tienes que volver a tu forma humana—digo mientras hago una distancia entre los dos.

Él asiente y empieza a volverse humano nuevamente y como noto que va su cuerpo va quedando al descubierto,de inmediato me volteo sonrojada,ya que nunca había visto a alguien desnudo y mucho menos a un hombre, él ríe detrás de mí y escucho como empieza a vestirse y lo admito,estaba un poco nerviosa y ansiosa, tenía tantas preguntas sobre él y lo que era.

—Ya puedes voltear Meghan—dice y una vez que lo hago,lo encuentro totalmente vestido.

—Ok,si no hubiese visto lo de hace un rato,juro que no me lo creo—me siento en la cama junto a él —Por qué¡Eres un lobo!¡Un hombre lobo Dani!¿todos acá lo son?o buena en la universidad,¿esta es la manada?¿es por eso que decían que este era un pueblo un tanto misterioso?—hablo tan rápido,que hasta yo me sorprendo de que no me haya enredado —¡Vamos Daniel!respondeme mira que estoy súper intrigada.

—Bueno respondiendo a tus preguntas si soy un hombre lobo—lleva una de sus manos sobre su nuca y rasca está,creo que está nervioso—Todos lo somos,incluyendo a las personas que van a la universidad los únicos humanos,hasta ahora,son tu madre y tú —dice y no puedo creer que seamos las únicas personas normales aquí,aún que una parte de mi no le extraña tanto,ya que como mencioné antes,habíamos escuchado que este pueblo era misterioso y por ello casi no venían tantos turistas a visitarlo o personas a mudarse aquí,pero no les prestabamos atención ya que creíamos que solo eran tonterías para asustar a los visitantes— Si toda esta es la manada y es la segunda más importante del mudo—afirma y frunzo el ceño¿Había más como ellos?—Si hay más manadas—responde como si hubiese leído mi mente—Pero no somos las únicas criaturas que existen, también hay vampiros que son nuestros enemigos por qué son una especie muy conflictiva,brujas o brujos que la mayoría son nuestros aliados,demonios que son aliados de los vampiros y que son igual de conflictivos y destructivos—hace una pequeña pausa para tomar aire ya que hablaba muy rápido —También hay más especies y debo decir que la gran mayoría de los seres sobrenaturales son inmortales.

—¿Cómo así? Explicame con detalles,por favor Daniel.

—Bueno esto va a ser bastante largo así que—se levanta de la cama y empieza a caminar hasta la salida—Ire a la cocina por algo de comer,muero de hambre¿Quieres algo en específico?

—Vale,vale apúrate —niego ante su pregunta y una vez que sale de habitación,no pasan ni diez minutos cuando vuelve a esta y me entrega distintas golosinas —Gracias—somrio mientras las tomo y él vuelve a sentarse frente a mi.

—Bueno ¿De que te hablo primero Meghan?—pregunta con la boca llena.

—¡Asqueroso no hables con la boca llena!—me quejo y le tiro una gomita—Primero háblame sobre los vampiros,luego de los brujos o brujas,demonios y para finalizar sobre los hombres lobos—hago una pequeña pausa —Después me hablas de los otros seres sobrenaturales que hay ya que por ahora,quiero que me comentes sobre estos dado a que son los que han captan mi atención.

—Bueno empecemos—veo como se endereza y acomoda mejor sobre la cama—Los vampiros son seres despreciables para muchas criaturas pero sobre todo para los lobos o licántropos,como gustes llamarles,ya que siempre tenemos muchas diferencias que nos hacen caer en distintos conflictos con ellos y estos desacuerdos varían,todo depende de la situación—hace una pausa e iba a preguntar qué tipo de desacuerdo podrían ser esos,pero continua hablando y no quise interrumpirle—Y debo resaltar que como todo,hay vampiros buenos y los hay malos,pero la mayoría,por desgracia, son malos y estos se alimentan más que todo de sangre humana y por ende al hacerlo terminan quitándoles la vida ya que su sed por ella es casi incontrolable,eso los vuelve unos asesinos natos,en cuanto al aspecto físico,omitire el color de ojos y de cabello porque no hay un patrón claro,ya que todo depende de cómo hayan nacido,pero la gran,hablo del color de piel que ese sí es un patrón del cual podemos guiarnos,es de tez clara,o sea son más blancos que un pote de leche vencido y en cuanto a la estatura,la gran mayoría tienden a ser altos y por lo general sus cuerpos carecen de mucha o demasiada musculatura,sus contexturas son medianas,es como si no hicieran casi ejercicio—bromea y ambos reímos — Y en cuanto a su aroma debo confesar que su olor es una completa tortura para un hombre lobo ya que es muy putrefacto,estos son muy fuertes y rápidos,son bastante ágiles y algunos tienden a tener poderes,una de sus grandes ventajas y cosa que un lobo no tiene,pero su desventaja,la cual en mi opinión es medio vergonzosa para alguien con tanto poder,por así decirlo,es que pueden morir con una estaca de madera clavada en el corazón o con un golpe demasiado fuerte sobre este,es su único punto débil y espera que me estoy deshidratando—hace una pausa para tomar agua ya que él pobre estaba hablando demasiado —Bueno sigamos—se aclara la garganta y río un poco ante su postura sería,parecía un profesor dando una clase sumamente importante— Tienes que quemarlos una vez que los hayas asesinas ya que puede revivir y no sé cómo lo hacen,en si es un misterio para muchos,hasta ahora no hay una explicación para eso y creo que ni ellos la tienen,por que es muy raro y no pasa con tanta frecuencia,lo que me lleva a suponer,que solo los vampiros más fuertes logran hacerlo y se salvan de la muerte eterna,por que si vamos al caso,ellos son unos seres que están vivo como muertos,pero obvio no son zombies,esos si no existen,así que no te confundas y esa es toda la información que tengo sobre ellos ya que como dije,nuestras especies no se llevan bien y ellos son muy reservados con sus cosas—finaliza.

—¡Vaya!creeme aún no puedo procesar todo esto—admito mientras parpadeo varias veces,de verdad era mucha información —Pero aún así sigue,que esto se pone cada vez mejor—vuelvo a comer un poco de mis gomitas y no miento, ya que todo lo que hasta ahora me había dicho me estaba pareciendo bastante interesante.

—Aja,ahora vamos con el tema de los brujos o brujas, estos son criaturas mágicas,que como su palabra lo indica hacen magia—la obviedad se hace presente en sus palabras mientras vira sus ojos y no puedo evitar soltar una risa—Existen dos tipos de brujos o brujas,están los negros que son los que hacen casi siempre el mal y no son aliados de nadie,odian a todos los seres sobrenaturales incluyendo a los vampiros y demonios, pero no se meten con nadie a menos que tu lo hagas primero con ellos o reciban órdenes de personas malas y luego están los brujos blancos o normales que son los que más abundan,estos casi siempre son aliados de lobos ya que no se llevan bien con los vampiros,por que como dije esa especie es peligrosa y muy conflictivas,pero a los que de verdad odian y se podía decir que no toleran para nada,son a los demonios ya que son criaturas muy arrogantes,prepotentes y la maldad que hay en ellos no tiene límites,ellos son muy malos y destructivos—veo como traga en duro y se nota que se tensa al hablar de ellos¿Tanto le temian los demás a un demonio?—Un brujo o bruja,es casi inmortal solo mueren si su alma gemela fallece,eso es algo que tienen en común con los vampiros,pero esto se puede evitar si antes de que uno de ellos muera,se rechacen. En ese proceso de rechazo,los dos sienten un dolor terrible que puede causar que,el que no esté a punto de morir,pueda hasta desmayarse y el producto de ello es que el lazo que la pareja tenía se rompa por completo y así los dos no pierden la vida,este lazo solo se vuelve a unir cuando marcas a esa misma persona que está destinada a ti pero obvio eso pasaría si esa persona que murió,reencarna o,en muy poco casos,los dioses te permiten tener un o una nueva compañera—hace una pausa —En el caso de los vampiros a su pareja se le da el nombre Túa Cantante y descubren que es su persona destina ya que el aroma de su sangre tiende a ser demasiado adictiva para ellos,es como si su sangre los llamará,por eso es que se les dice "Tua Cantante" su sangre no es común a las demás,las parejas de un brujo o bruja no tienen un nombre en específico,por eso use el término "alma gemela" ya que es el más común para las demás especies,pero debo decirte que la pareja de un ser sobrenatural,varia o sea ejemplo: un brujo puede tener de alma gemela aún humano e incluso aún vampiro o demonio y eso que no los toleran¿Me entiendes?—pregunta y yo asiento —Pero,siempre hay un pero—el ríe de su propia broma—El noventa y ocho por cierto de las parejas de un brujo o una bruja,tienden a ser otras especies,muy rara vez sus parejas pertenecen a la mismas especie,es casi nula esa posiblidad y lo que los hace más raros es que esto solo les pasa a ellos,ya que otros seres sobrenaturales pueden tener una pareja de su misma especie.

—¿O sea que los brujos son la única especie que casi siempre su alma gemela es una criatura diferente ya que no es común que estén con alguien de su misma especia?pero¿Por que?—pregunto.

—Los brujos o brujas,tienen muchos poderes e incluso hay algunos que pueden controlar elementos y demás cosas—explica —Y que haya un ser sobrenatural,que en este caso sea totalmente puro ya que nació de un padre y una madre bruja,es obvio que tendría demasiada fuerza y de inmediato sería un desequilibrio para la naturaleza,porque tanto poder no trae muchas cosas buenas Meghan,es lógica.

—Entiendo perfectamente —asiento— La pareja de un vampiro se llama Túa Cantante—hablo en voz alta más para mí,que para él —Una pregunta un lobo¿puede tener como pareja a un vampiro? Esta pregunta me intriga ya que como dijiste que se llevan mal,me da curiosidad saber si pueden estar juntos.

—Si pero, estos casi siempre se terminan rechazando por las diferencias y hagamos un repaso rápido,el nombre que se les dan a las parejas de distintas especies,en este caso de brujas o brujos,se les dice "Alma gemela" la de un vampiro se llama "Tua Cantante " y la de un hombre lobo o licántropo se le denomina "Luna o Mate" ¿Sigo?

—Ya capte—ladeo una sonrisa y asiento—Si,que la explicación se está poniendo más buena que nunca —brome haciendo que niegue un poco divertido mientras acomoda sus gafas.

—Los demonios son o es una especie que se mantienen alejados y se sabe muy poco de ellos por que son muy violentos y casi siempre están sedientos de sangre o de odio,ya que eso los vuelve mucho más fuertes,ellos son inmortales y son casi indestructibles,solo un exorcismo logra destruirlo y el agua bendita,otra cosa es que el alma gemela de un demonio, cuando es mujer y tiene a su primogénito,muere en el parto ya que él bebe absorbe toda su energía y debo decir que son muy fuertes,demasiado fuertes a decir verdad y tienen la habilidad de poseer a personas y la gran mayoría de sus víctimas de posesión son de espiritu débil o son sumamente malas—dice mientras come un poco de mis gomitas,el paquete era bastante grande debo resaltar.

—Esto si fue profundo lo de que muera su pareja me dejó shock y el hecho de que sean casi indestructibles y que lo único que puede matarlos es un exorcismo o echarles agua bendita, me da un poco de escalofríos y parece simple,pero obvio no lo es—muerdo mi labio y no puedo evitar pensar en la película "el exorcista" ,lo cual hace que ría por tal pensamientos—Sigue—pido mientras veo la hora y le manos un mensaje a Sofía para avisarle en donde estaba,evitando así que pudiese preocuparse.

—Y para finalizar están los hombres lobos o licántropos, creo que esta es la parte que ansiabas escuchar ¿verdad?—me ve y yo asiento sonriente—Un hombre lobo o licántropo,es uno de los seres más fuertes y antiguos del mundo e incluso que un vampiro o demonio,nosotros podemos llegar a ser muy altos,somos resistentes y ágiles, pero el alfa es quien tienen más privilegios ya que por ejemplo:un alfa tiende a medir más de dos metros,es más rápido y la fuerza es mucho mayor,tanto que puede llegar a pelear hasta con cinco lobos más y terminar saliendo vencedor,el pelaje de estos siempre es negros,son muy posesivos y celosos con sus mates o lunas ,aún que el término luna es para las mujeres¿Y por que se les dice luna?gracias a nuestra diosa,la luna y la verdad es una historia demasiado larga¿Te la cuento?

—Obvio niño.

—Bueno se dice que el primer hombre lobo,usaremos este término,antes era un rey que se burló de Dios,por lo que él le castigo y le dijo que de día viviría como un hombre mientras que por las noches le aullaria a la luna como una bestia y que así sería su vida hasta el final de los tiempo,muy al estilo Caín ya sabes el de la biblia,según dice que aún está vagando por el mundo—abro los ojos cuando hace mención de ello,yo era católica y había escuchado sobre eso,pero no tenía idea de que el tuviese conocimiento—No me mires asi—rie—Se eso por que es nuestro origen,aparentemente—hace comillas en lo último — Y bueno volviendo al tema inicial, esa era la maldición que Dios le impuso al rey por burlarse de él y bueno está la otra teoría que la pareja de un hombre lobo nació del hecho de que como todas las noches el rey le lloraba a la luna por su soledad y maldición,está se compadeció de él y decidió mandarle una mate quién sería su compañera hasta la eternidad o hasta que el muriera,por ello aveces se les dice,repito solo se usa este término en las mujeres, luna en conmemoración a ella y agradecimiento,por escuchar las súplicas del rey cargadas de arrepentimiento,pero bueno esas cosas pasaron hace siglos y por ello aveces es difícil tener una explicación exacta sobre el origen de nuestra especie,pero esa,la bíblica,es la que más se acerca.

—Eso si me dejó fuera de base,lo admito nunca me leí la biblia y saber que algo sobre eso está escrito ahí,me da más curiosidad y me pone a pensar mucho —admito —Me siento un tanto ignorante —rio un poco—¿Puedes seguir? Por favor —pido y asiente.

—Ahora hablaré de la función de una luna y un alfa,la función de ellos es velar por el bienestar de la manada y tanto como el uno por el otro,el mate de un alfa puede ser la mayor debilidad de este y no solo de un alfa si no de cualquier lobo,por su conexión pueden sentir sus emociones y dolores,todo practicamente,pueden leer sus pensamientos y hablarse o través de la mente,estos cumplen el lazo a través de una mordida cerca del cuello y al ser mordido el mate este desprende el olor de el macho o hembra,por lo que ningún lobo se les puede acercar,también si tienen sexo o besan a otras personas,pueden sentir el dolor de la traición y se percibe con un fuerte ardor en la marca con la que se hace el lazo entre ambos y la marca también dile si ambas parejas se rechazan,sin que una este al borde de la muerte,esto pasa por ejemplo,como dije hace un rato si un vampiro es mate de un lobo y el enlace a pesar de ser cortaba,se borra por completo en un mes y si en el transcurso de ese mes un vampiro o un hombre lobo,marca a otra persona la antigua pareja aún puede sentir el dolor de la marca,ya que sería como una aparente traición¿Y que más te digo?—piensa un poco— A los lobos solo nos debilita la plata,es lo único que nos puede quitar la vida y si nos hieren tenemos la capacidad de sanar rápido,los vampiros también hacen eso,aún que la sanación es complicada por que mayormente los que llevan más tiempo siendo lobos se les hace más fácil mientras que en el caso de los jóvenes,aún es tardía por lo mismo que son jóvenes y aún falta que su lado lobo madure, es por eso que yo no he podido sanar rápido ya que mi transforma fue un poco reciente,la transformación se lleva acabo a los dieciocho años de edad,aún que hay casos en los que se adelantan o se pueden atrasar,pero no son tan comunes.

—Debo admitir que esta explicación si fue más profunda que las otras—digo mientras veo la hora en mi celular—Creo que es mejor que me vaya ya es de muy noche y tengo mucho sueño a decir verdad —me acerco y beso una des mejillas—Nos vemos mañana en clase y seguimos hablando ahí,por que ahora que se que eres hombre lobo sanaras un poquito más rápido que alguien normal.

—Si Meghan, sanare un poco más rapido—rie y se levanta—¿Te acompaño hasta la salida?—pregunta y niego—Vale nos vemos mañana—me da un beso en la mejilla y cogiendo mis cosas, abandono su habitación.

Salgo de la casa de Daniel aún sorprendida por toda la información que me había dado ya que nunca en mi vida llegue a pasar que pudiesen existir seres sobrenaturales aún que sabía que los demonios si lo habían,por las posesiones y todo eso,incluso lo de la maldición de los hombres,pero digamos que como eran cosas que no entraban en lo común,eran poco creíbles y más esos cuentos,mitos o leyendas sobre duendes,hadas o incluso brujas,porque no es fácil creer que todo eso podía llegar a ser de verdad,ya que muchos de ellos carecen de pruebas, explicaciones lógicas e incluso de hechos científicos.

Al llegar a casa me encuentro con tadas las luces apagados y supuse que Sofía estaría durmiendo por lo que una vez que entro, subo a mi cuarto y ahí decido tomar una ducha,me pongo mi pijamas de shorts y camisa de tirantes verdes,me acuesto en la cama y pienso en todo lo que me ocurrió hoy y no puedo evitar pensar en el hecho de que mi madre y yo somos las únicas humanas en ese sitio¡Y Dios!admito que eso me pone nerviosa somos unas presas en medio de tantos animales,literal son lobos y se que es cruel de mi parte decir eso,pero hay que ser sinceros,todos ellos tienen un lado animal,lo cual los vuelve un tanto primitivos e instintivos,así que no estoy tan errada al usar el término,después de analizar todo sobre mi día tan agetriado,cansada cierro los ojos y me quedo totalmente dormida...

Nota :¡Omg!¡Esta corrección es la que más tiempo me tomo corregir! Y debo admitir que este era el primer capítulo que hice largo y ahora,dado a que lo corregí y le agregué algunas cosas,es actualmente el más largo que he escrito de todas mis novelas,medio un poco de nostalgia,ya que antes y ahora sigue siendo el más largo ¡Aaah mi corazoncito! Jajaja

Por cierto esto es ficción,no son relatos basados en hechos reales,aclaro por si acaso.

También quiero agradecerles a varias personas que comentaron lo mucho que les gustaba el hecho de que Meghan,hasta ese entonces ya que pasó hace mucho y no sé cómo han cambiado las cosas ya que llevo mucho tiempo sin leer novelas sobrenaturales,era la primera protagonista que veían que ya tenía conocimiento sobre hombres lobos y demás seres sobrenaturales y en si eso fue algo que hizo que mi ego subiera,lo admito y no vayan a tomarlo como algo malo ya que está bien tener ego y sentirse orgulloso de lo que haces,no está mal,y no lo presumo,es más espere,desde que la termine,como cinco años para comentarlo,por que la retire hace mucho dado a que la quería corregir y bueno la cuestión es que, me gustaron esos comentarios ya que también me identifique con ellos,hablo en el ámbito de lectora,ya que en ese tiempo me gustaba leer sobre estos temas y demás,y en ese tiempo no había leído novelas en donde la protagonista ya supiese de la existencia de lobos,por lo que confieso que cuando escribi está novela,busque que no fuese como las demás ya que me gusta escribir con mi propia esencia y darles mi toque,me gusta ser original. Y bueno creo que alargue mucho ésto xd,así que si no es mucho pedir regalenme su voto o su comentario,ya saben que me gusta leerles.

Por cierto¿Qué les parece el lindo de Daniel? ¿Les gusto el capítulo lleno de distintas explicaciones?

Si gustan pueden seguirme en instagram aparezco como zambrano_victoria.

Los quiero mucho, nuevamente mil gracias por el apoyo,sobre todo a mis antiguos lectores ya que nunca tuve la oportunidad de agradecerles y a los nuevos,también gracias espero y les guste la historia.

Por cierto pasen a leer mi nueva novela,está titulada "Hermanos MacCory"

Bye.

## Capítulo 10.

------------------------------------------------

Meghan.

Me levanto antes de que mi alarma suene y la apago para que no lo haga,era muy temprano y debo decir que me sorprendí conmigo misma por haberme parado tan temprano, pero ayer no pude dormir casi ya que aún no salía de mi cabeza la imagen de aquel chico de ojos azules profundos,que por lo que me dijo Daniel mientras me explicaba todo ayer, él era un alfa y se llama Ethan,Dios me sentía tan frustrada por pensar en esa bestia y de verdad aún no se como no había enloquecido por todo lo que sabía de este lugar y sus habitantes,es más justo ahora debería agarrar mis maletas juntos con las de Sofía y largarnos de aquí,pero conociendola no creo que eso fuese posible. Escucho ruidos provenientes de la cocina y seguro era Sofía quien se encontraba haciendo el desayuno,como ya no tengo sueño,termino de pararme y hago unos cincuenta abdominales ya que aveces me gustaba ejercitarme y una vez que termino me voy al baño,me despojo de mi pijama y la dejo en la canasta de ropa sucia entro a la ducha y abro la llave,decido por tomar una ducha fría ya que quería estar del todo despierta,por qué primero no dormir bien y debo parecer un zombie y segundo hoy tengo deporte así que tengo que estar en mi cien porciento,luego de lavar todo mi cuerpo cierro la lleve y salgo del baño envuelta en una toalla blanca,me dirijo al closet saco un conjunto de ropa interior azul marino,un enterizo de shorts azul rey con tiras y unos botines marrones oscuros,hoy pensaba irme muy sencilla,me visto y maquillo un poco,solo base,polvo y mi labial rosa, agarro mi cabello con una coleta mal amarrada y dejo que varios mechones caigan sobre mi rostro,me hecho un poco de perfume y me pongo una pulsera que me había regalado John, tomo mi morral y celular juntos con una chaqueta ya que hacía un poco de frio,bajo la escaleras y me voy a la cocina dejo mi morral en el mesón y veo que Sofía había terminado el desayuno.

—Hola bueno días ——saludo captando su atención —Hoy quiero comer en la cocina —me siento en una de las sillas que están en el mesón—¿Podemos?

—Bien mi vida—asiente—Te acompaño—me entrega mi plato y se sienta a comer—¿Cómo sigue Daniel?—pregunta sobre mi amiga ya que le había comentado lo que le ocurrió cuando le mandé un mensaje por WhatsApp,pero obvio me tocó omitir las partes violentas—Pobre debió ser feo caerse por las escaleras—y si,esa era la mentira piadosa que le había dicho.

—Pues él esta bien hoy ira a la universidad ya que por suerte la caída por las escaleras no le afecto mucho—miento por qué si supiera que al pobre se le partieron varias costillas y que como es lobo,con sus cosas todas raras,se mejoro rápido y por eso hoy iría a tomar sus clases como si nada hubiese pasado, sin duda no me lo creería.

—Me alegro,deberías traerlo a casa—dice y arqueo una ceja mientras la miro—Digo para conocer a tu nuevo amigo.

—Quizá lo traiga hoy—digo mientas me encojo de hombros—Aun no lo sé.

—Meghan hoy tendrás que venirte caminado o en taxi ya que saldre tarde del trabajo—me informa.

—Vale me vengo con Daniel ya que él vive tres cuadras arriba—termino mi desayuno,bueno dejo la mitad ya que no acostumbro a comer tanto en la mañana,en mi hora de receso si.

—Ten mucho cuidado por favor —practicamente me ruega.

—Ni que fuera una bebe,se cuidarme sola y lo sabes—le recuerdo.

—Lo se pero soy tu madre y es normal que lo haga, ahora ve a cepillarte te espero en el auto—dice para luego,de lavar los platos,sale.

Vieo los ojos y subo a mi habitación me cepillo y tomo dinero de mi mesa de noche,bajo y voy de nuevo a la cocina tomo una manzana roja y mi morral para luego salir e ir al auto y en menos de veinte minutos ya e llegado a la universidad, bajo y me despido de Sofía,camino mientras como mi manzana y puedo sentir las miradas posadas en mi otra vez,¡oh vamos!¿es enserio?¿todavía van a seguir con eso?, los ignoro y busco a Daniel con la mirada,al encontrarlo noto que esta siendo acorralado por Ethan quién al igual que ayer viste con un traje,solo que este es de color azul marino e iba ceñido a su cuerpo,el cual muy a mi pesar,estaba muy bien trabajado,se notaba que hacía ejercicio,¿Pero por qué acabo de decir que tiene un muy buen cuerpo?es no podía negar que parece un adonis y debo confesar que sus otros amigos no se quedaban atrás todos estaban muy buenos,en otras palabras era más que seguro que ellos eran lo que se denomina como "los playboy o bad boy's"del lugar y que seguramente con solo hablarte te harían estremecer ya saben esos también se consideraban los típicos moja bragas,salgo de mi trance al ver que empiezan a empujar a Daniel y eso me molesto,joder parezco una madre pero siento que tengo que cuidar a ese mocoso,así que me acerco y de inmediato sus amigos posan sus vistas en mi una vez que tomo a la bestia esa del brazo y hago que se vire hacía mi.

—¿Qué crees que haces?—pregunto mientras me pongo enfrente de Daniel.

—Aquí el único que hace las preguntas soy yo—se acerca y me tenso por lo alto e imponente que se veia—Te dije muy bien que te quería lejos de él nerd ¿no es así?—pero ¿quien se cree? Y sin importar que fuese más alto e intimidante,me acerco más y lo enfrento.

—Mira chico—digo y él rie junto con los otros idiotas que lo acompañan —Tu no eres nadie para venir a hablarme de esa manera ¿entienes?,lo otro deja en paz a Daniel o me vere obligada hacerte algo de lo que te puedes arrepentir después —finalizo y sabía que la molestia en mi voz y rostro eran evidentes ya que sus amigos,al igual que él,lucían sorprendidos.

—Mira niña ya me canse de ti,tu a mi me vas a respetar por las buenas o por la malas—me toma del brazo y hace presión sobre el—Y si no lo haces tendré que dejar salir a la bestia que tengo dentro y creeme que los que la conocen siempre se arrepienten de que lo hag —su voz está fría que me da escalofríos pero lo que me dejó con el corazón latiendo a mil, fue cuando vi que sus ojos cambiaron de color a uno dorado¿¡pero que mierda!? Juro que desde hace mucho no sentía tanto miedo,como el que sentía justo ahora y él al parecer se dio cuenta porque ladea una sonrisa—Ahora tu decides hermosa¿Lo quieres por las buenas o por las malas?

—Maldito arrogante—me armo de valor y me suelto de su agarre con algo de brusquedad y me dolió,pero aún no lo demuestro—¿Crees que porque cambies el color de tus ojos, me grites y amenaces vas a poder doblegarme?pues te equivocas—hago una pausa y veo que se pone muy rojo,Joder se enojo—¡Daniel sal de aquí! —le grito este me mis un poco dudoso,por lo que le vuelvo a decir que se vaya y como puede,logra irse mientras que los otros van tras él y yo aprovecho su distancia para salir corriendo por que sabía que las cosas se complicarían mucho más.

Ethan POV.

Hoy debido llegar temprano a la universidad para esperar a mí luna pero en eso veo llegar al nerd de Daniel,por lo que mis amigos y yo lo llevamos lejos de las personas y empezamos a golpearlo y fastidiarlo en eso percibo el olor de mi pequeña,el aroma de fresas con menta y chocolate se mezcla en el ambiente y prácticamente siento que me embriaga y pienso en que falta nada para que venga en rescate de este idiota y cuando su aroma de intensifica,eso me lo confirma todo,ella me empuja y empieza a levantar su voz hacía mi,y como no soporto que nadie lo haga la tomo fuerte de un brazo y empiezo a amenazarla, cuando escucho como su corazón late con fuerza,asustado,no puedo evitar ladear una sonrisa porque a pesar de que se ve que es valiente,ahora voy ganado pero no dura mucho mi victoria ya que se arma de valor y me encanta,ella me responde y eso me gusto,ya que al verla tan enoja me parecía algo bastante sexy y atrayente de su parte,pero también me molesta,obvio si,porque se que será dificil de dominar y a pesar de que me gustan los retos,era demasiado temperamental que todo se complicaría entre ambos. Luego de la discusión ella le grita al nerd que corra este después de dudar,ya que se notaba que le preocupaba y que no la quería dejar sola,lo hace por que ella insiste y de verdad no me importa que lo haga ya que no llegaría muy lejos,así que mando a Jeremy y Lucas a que lo busquen,él aún tenía que pagar por no haberme hecho caso cuando le dije que se alejara de Meghan,por lo que me quedo con Matthew y Adam,pero en un cerrar y abrir de ojos mi luna sale corriendo,ella aprovecha que baje la guardia y vaya que astuta había sido y por cierto no pude evitar notar hermosa que se veía con ese enterizo,de verdad me encantaba como se ceñía a su figura,pero evidentemente no fui el único que noto eso,los demás a nuestro al rededor de la comían con la mirada y me molestaba,si,me moría de la cólera que otros pudiesen admirar su hermoso cuerpo y egoístamente quería ser el único que pudiese admirarla por completo,deseaba ser el único que pudiese conocer su cuerpo bajo toda esa ropa y averiguar qué misterio escondian esos hermosos ojos,pero decido ignorar a todos esos imbéciles que le miraban con deseo y voy tras ella.

—Sueltame—grita una vez que la e atrapado y si,corría bastante,se notaba que hacía ejercicio pero eso no la ayudaba mucho ya que había sido más rápido que ella.

—Matthew llama a los demás nos vamos a la mansión—informo mientras tomaba a Meghan y la ponía sobre mi hombro,como si fuese un saco—Adam prende la camioneta y Matthew—vuelvo a posar mi vista en mi beta —Dile a Jeremy y Lucas que dejen al idiota de Daniel—pido y mi luna empieza a removerse haciendo que vire los ojos por lo inquieta que estaba.

—¡Sueltame bestia!—me pega en la espalda y yo le doy una nalgada con la misma intensidad con la que me había golpeado,quería molestarla aún más,me fascinaba hacerlo—¡Animal!¿¡me acabas de dar una nalgada!?—grita fuerte y patalea más por lo que ahora le apreto una nalga y evito no reirme—¡Sueltame abusivo juro que me las pagaras,te voy a patear el trasero!

—Quieta fiera—le vuelvo a dar un pequeño azote en sus nalgas —Pero que vista—uso un tono de voz seductor.

—¡Sucio,pervertido sin ningún tipo de vergüenza!—chilla—¡Bajame ahora!—vuelve a quejarse mientras que yo sigo caminando en ignoro sus berrinches.

Puedo la gracias reflejada en los ojos de los demás y un poco de diversión al ver la escena en la que me encuentro con su Luna, si ellos ya sabían que ella es la Luna de esta manada, ayer se los deje bien claro por el Link de la manada,nuestra conexión. Llego al estacionamiento y mi luna se a quedado dormida,lo siento ya que su respiración es más calmada y se que ayer no pudo dormir lo suficientemente debido a que el idiota de Daniel le dijo lo que éramos y eso obvio la dejo pensando mucho y sabía que se sentía más que inquieta por ser,junto con su mamá,las únicas humanas en la manada¿Y como sabía eso?ayer decidi ir a visitarla,obvio estuve fuera de su casa ya que estaba despierta y como tenemos una conexión,percibí sus emociones y debo decir que él nerd,al contarle todo eso,me ahorro bastante cosas.

—¿Se quedo dormida?—pregunto Jeremy una vez que me acerco hasta la camioneta.

—Si—respondo sin más.

—Joder que chica juro que cada día me impresiona más —habla Matthew mientras me mira.

—Es perfecta,la amo y no importa que sea una testaruda —camino hacía la puerta del auto—Lucas ven—este se acerca —Necesito que tomes a mi luna.

—¿Por que yo?—pregunta nervioso,él sabe que estoy muriendome de los celos por pedirle tal cosa—¿No puede tomarla otro?

—Lo haras tu,ya que eres el más santo de nosotros y si lo hace alguno de estos idiotas los quere golpear después,ahora apurate—finalizo y este traga grueso.

Lucas toma a mi Luna entre sus brazos y la carga como si fuese una princesa,trago en duro y tengo que poner todo mi auto control para no lastimarlo y me siento en el lado del copiloto mientras que Matthew lo hace en el puesto del conductor y los demás se sientas atrás , Lucas me pasa a mi pequeña y la pongo en sobre mis piernas,esta queda con la cabeza en mi pecho y es tanta nuestra cercanía que puedo percibir su aroma mucho mejor y me hace estremecer,ella vuelve a embrigarme con su exquisito olor, su respiración están calmada que hace que la mía se vuelva mucho más tranquila,ella está calmando a la bestia que hay en mi,ella está clamando al hombre y al lobo,suelto su cabello y lo huelo y no puedo evitar pensar que ella es tan mía,que es tan perfecta,que ella es la única para mí¿Me estoy obsesionado? Si y no me importa que ella se transforme en mi mayor obsesión,en mi perdición más grande,en el deseo en el cual apagare mis llamas,en mi lujuria hecha carne,ella es mi perdición y mi salvación.

Cuándo Matthew arranca y los chicos empiezan a hablar de cualquier cosa,yo por mi parte me dispongo a detallar cada parte del rostro de mi pequeña y de su cuerpo,era el ser más perfecto que mis ojos antes haya visto y mientras sigo viendola,en algún momento ella me abraza haciendo que cada parte de mi cuerpo se tensara.

—Joder que tiernos¿Ya los vieron?Por favor alguien tomesle una foto—escucho la diversión con la que habla Matthew por lo que frunzo el ceño.

—Abrazala hombre—dice Jeremy y por inercia lo hago y joder se siente tan bien —Que obediente—se burla—Mira que no sabemos cuanto durara esto.

—Callate y dejan de mirarla que me jode hasta lo más profundo del ser que lo hagan—gruño y asiente.

—Calma hermano, no todo en la vida es destrucción—Adam empieza a reírse —Amor y paz,amor y paz bebé.

Luego de eso cambian de tema hasta que por fin llegamos a la mansión,le pido a Lucas que abra la puerta y salgo con cuidado del auto con ella en brazos,me despido de la chicos y subo a mi habitación y se que desde hoy ella ya no sería solo mia,pues sabía que está la compartiría con mi luna más adelante solo era cuestión de tiempo,con cuidado la dejo sobre mi cama y quito sus zapatos y me tomo el atrevimiento de quitarle la ropa,pero en mi defensa lo hice las que durmiera más cómoda y al hacerlo de inmediato mi vista,curiosa,admira cada parte su hermoso y sexy cuerpo que aún estaba cubierto por su fina y delicada ropa interior de encaje,me gustaba como le quedaba y también note que tenía un buen físico,no era excesivo,pero se notaba que lo ejercitaba,sus piernas era firmes,sus brazos no se marcaba pero si estaban ejercitados,sus pechos atraves del sujetador se veían firmes y me gustaba como se marcaban sus clavículas,me parecían bastante tentadoras, pero lo que me dejó totalmente embobado fue su abdomen plano y la curva de su cintura,eso me hizo entrar en un deseo tan grande que no pude evitar excitarme,¿Quería hacerla mía?si¿Estaba tentado a tocar su cuerpo?obvio¿Quería besar, morder y descubrir cada parte de piel?por su puesto,¿Añoraba escucharla jadear y gemir mi nombre?claro que sí¿Quería perderme en su mirada mientras sentía como se aferraba a mi por cada embestida y que me rogara por más placer? Joder si que lo quería,lo quería todo con ella justo ahora,pero me contuve,no podía ser tan bastardo como para tocarla sin su permiso por lo que le puse una de mis camisa,con la cual se me despertó ese jodido fetiche que sienten los hombres al ver a la chica que les gusta con alguna de sus prendas de vestir, por que siendo sincero verla vestida así me hizo pensar en que jamás me cansaria de verla usandola,¡es más!incluso pagaria por el hecho de que ella las vistiera todo los días,pero muy a mi pesar debía controlarme,así que tratando de no ponerme más excitado de lo que ya estaba ,tomo las sábanas negras y la arropo,me levanto de la cama y me despojo de toda mi ropa para luego ir hacía el baño en donde busco tomar una ducha bien fria ya que tenía una erección que bajar,por que mi amigo se había despertado muy rápido por la presencia de ella. Luego de una ducha helada me pongo solo unos bóxers negros y nada más,ya que así dormia por lo que camino hasta la cama y me acuesto del otro lado de ella para luego abrazarla por detrás ya que ahora me daba la espalda,cuando mi cuerpo roza contra el suyo su calidez me abarca y noto cuan pequeña era y cuan frágil se sentía entre mis brazos,por lo que el instinto de protección despertó en mi.

—Por fin te tengo—susurre mientras llevaba mi naríz hasta su cabello y la apegaba más a mi cuerpo,su aroma era demasiado embriagante para mi—Eres es solo mía—musito una vez que la abrazo más de la cintura y me quedo totalmente dormido por su aroma el cual estaba impregnando por toda la habitación...

Nota:Espero y les haya gustado el capítulo,quiero recordar que si gustan pueden ir a mi perfil y leer "hermanos MacCory" por cierto voten y comenten si no es mucho pedir,¡por favor! Por cierto recuerden que la novela está siendo corregida y le estoy agregando algunas cosas.

¿Qué les parece el capítulo nenes? ¿A quien más le gusta cuando Ethan narra?¿Cuál de los amigos de Ethan es su favorito?

A pesar de todo creo que el Ethan nos salió medio hot y romántico xd

Si gustan pueden seguirme en instagram aparezco como zambrano_victoria.

Les quiero mucho,gracias por el apoyo.

Besos bebes.

# Capítulo 11.

-------------------------------------------------

M<sup>eghan.</sup>

Despierto por el calor que hace,es terrible pero cuando lo trato de hacer siento como un peso en mi cintura me lo impide y de inmediato Flashbacks pasan por mi cabeza, ¡joder!¿que paso?¿que hago aquí?abro los ojos de golpe y cuando viró mi rostro hacia el lado en donde estaba ese peso y enorme calor, veo nada más y nada menos que a Ethan,quien dormía placidamente y quien se queja al sentir que me he separado de su cuerpo, por lo que se arrima más a mi y tomándome de la cintura me atrae hasta él haciendo que quede acostada sobre la cama y su cuerpo quede pegado al mío,otra vez y con la única diferencia de que mientras me abraza,recarga su cabeza sobre mi pecho y admito que fue un gesto adorable,pero ¿quien se cree que es para abrazarme y recargar su cabeza sobre mi pecho?¡Eso es un abuso! y como la odiosa que soy,pego un grito fuerte.

-¡Ah idiota!¡Me aplastado y no me dejas respirar!- exagero mientas grito y empiezo a empujarlo haciendo que este se despierte abrumado ante mí escándalo.

-¿Qué te pasa?-pregunta aún soñoliento mientras se para y frota sus ojos,que adorable me salió la bestia está.

-¿Donde estoy? ¡Dime bestia!¿Que me hiciste?¿Por que no cargo mi ropa? Si no esta camisa de hombre-digo parandome de la cama alterada una vez me percate de mi vestimenta-¡¿Qué le hiciste a mi ropa?!

--Calma pequeña--trata de acercarse a mi pero lo esquivo.

Me aparto lo más que puedo de él y trato de irme, pero me toma del brazo y por inercia le hago una llave y le doy una patada en las piernas,por lo que este cae al suelo sorprendido y adolorido,veo mi morral y lo tomo si pensarlo dos veces y aprovecho que tengo ventaja para salir corriendo de la habitación escucho como me llama a gritos pero su tono de voz es tan feroz que hace que quiera irme cada ves mas rápido de este lugar,bajo las escaleras apresurada y puedo ver a sus amigos en la sala por lo que de inmediato me altero más,uno que creo que se llamaba Matthew se me acerca pero soy más rápida y lo evado,pero alguien me toman por detrás y creo que él que me tomo fue Adam y en un dos por tres ya están en el suelo adoloridos y es aquí cuando le doy gracias a Dios por haberme matado entrenando y practicando kárate ya que mi destreza ahora me estaba serviendo bastante,noqueo por fin a Jeremy él fue el que me dio más pelea y cuando vuelvo a tratar de huir, alguien me golpea por la espalda y antes de caer al suelo unos brazos fuertes me sostiene e impiden que lo haga,por lo que después todo se volvio negro.

Ethan .

Bajo las escaleras y veo el tremendo desastre que hay y noto a la que lo arma,mi Luna,ella es quien esta peleando con mis amigos,por lo que un poco curioso me detengo un rato y miro atento lo que va hacer,veo como Matthew trata de detenerla pero ella lo esquiva muy rápido y dándole una pata en una rodilla hace que caiga bello al suelo,casi me río por eso,después le sigue Adam quien es noqueado de una manera jodidamente genial por parte de mi Luna,sin duda alguna esta mujer me encanta cada ves más,luego esta Jeremy quien le da pelea pero le hace una llave similar a la que me hizo,pero pude ver que esta era como que mas fuerte,le da una patada en una de sus piernas con fuerza y este cae al suelo adolorido,pobre mi amigo,en eso ella trata de volver a huir y por eso decido entra en acción por lo que en un movimiento rápido,me pongo detrás de ella y la noqueo,pero antes de que caiga al suelo la tomo de la cintura y la acuesto en el suelo con cuidado.

-Mi pequeña guerrera--susurro mientras toco su cabello.

--¡Mierda!¿Qué me paso? Siento que todo da vueltas--Adam despierta,no duro ni dos minutos inconciente,ventajas de ser un lobo,nos recuperabamos rápido.

--Una mujer me acaba de dar la paliza de mi vida,¿Qué come esta Luna? ¿que hace que tenga la fuerza como la de un chico?--se sienta Jeremy mientras lleva su mano a su nuca y empieza a dejar masajes sobre ella.

--Esta mujer es una fiera -habla Matthew --Opino que hay que encerrarla así que, quien esté de acuerdo levante la mano--se burla y los demás apoyan su propuesta por lo que levantan las manos haciendo que les lace una mirada en desaprobación.

--No sean estúpidos --viro los ojos--Nadie le va a poner un dedo encima...--Adam me interrumpe.

--Pero los ojos si--comenta con picardía y es cuando caigo en cuenta que solo lleva mi camisa puesta y nada más.

--Adam hijo de...--me interrumpen.

--Ya deja de ser pendejo--dice Lucas y todos quedamos estupefactos ya que él era él más callado--Dejalo Adam y tu Ethan concentrate en Meghan, quien esta inconciente y casi sin ropa en la sala,con la vista de todos incluyendo la servidumbre y los guardias.

Cierro lo ojos con fuerza y gruño bajo,Lucas tenía razón en la sala estaba la servidumbre y los guardias,quienes seguramente escucharon y sintieron que su Alfa,beta,delta y junto con otros miembros de la familia, Lucas y Adam, estaban bajo amenaza y vinieron a protegernos ya que ellos velan por nuestra seguridad y como aún no saben que Megan era la luna de la mañana,ya que solo me encargue que lo supieran las personas de la universidad,la veían como una amenaza y mierda por eso.

--¡Todos larguense! -ordeno mientras levanto la voz--Y ustedes-miro a mis amigos-Si quieren seguir con vida se van a comportar,se van a volter y no van a joder más--uso el mismo tono de voz,sol que más pausado y ellos asienten para luego darse vuelta y quedar de espaldas.

--Mejor llevala a la cama,ella debe está cansanda--sugiere Lucas.

Quito su mochila y se la entrego a Lucas quien era el único que no se encontraba de espaldas,tomo a Meghan entre mis brazos,como una princesa,y la llevo a la habitación donde la acuesto sobre la cama y luego de asegurarme de que estaría bien,bajo hacía el despacho en donde mis amigos ya se encontraban,estuvimos haciendo varios trabajos sobre la manada y arreglando unos papeles sobre distintas empresas y negocios familiares,hasta que ya se había hecho hora de la cena,el tiempo había pasado demasiado rápido,mis amigos se adelantaron al comedor y diciéndoles que me esperaran,fui hasta mi habitación y apenas entro,veo que Meghan ya estaba totalmente despierta.

--Disculpa por como actúe--dice apenada y caminando hacia la cama, me siento junto a ella--¿Por qué estoy aquí?

--Es una historia un poco larga--digo y sin poder contenerme tomo una de sus manos,ella era tan pequeña en comparación a la mía-Pero prometo que estarás bien.

--Gracias-me mira dudosa mientras hace una pausa y luego pasa su vista por todo el lugar --¿Esta es su habitación?

--Mmm yo diría que nuestra-bromeo y hago que ría,cuando escucho su risa el corazón empieza a latirme con fuerza ¿Qué me estás haciendo?

--Siempre lo e dicho y nunca lo dejare de decir,usted es un loco-rio por su comentario y la veo pararse de pie,por lo que de inmediato me pongo alerta¿Planea irse?porque si es así,no la dejaré,pero me relajo cuando ella solo toca el borde de la camisa que lleva puesta y frunce el ceño--¿Esto es tuyo?--pregunta viendome y arquea una de sus cejas, que sexy me pareció ese gesto tan simple.

--Si--digo y aclaro mi garganta --Es que la ropa que tenías era incomoda y como estabas dormida quise ponerte algo más cómodo-explico y me riño por lo estúpida que sonó mi respuesta ¿Tenías ropa incomoda y quise ponerte algo más cómodo? ¿De verdad había dicho eso? Qué vergüenza.

--Gracias--susurra y veo un leve sonrojo en sus mejillas,cosa que me parecía algo muy tierno de su parte¿Cómo alguien que tiene un carácter tan difícil y es sexy,puede verse así? Ella tenía tantas facetas,que hacían que sintiera más curiosidad por conocerla.

--Me encanta gusta esta faceta tuya--me acerco y se pone nerviosa,su corazón late fuerte y lo mas seguro era por nuestra cercanía y porque no llevo camisa,ya que al entrar me la había quitado dado a que pensaba tomar una ducha y supuse que ella aún seguía durmiendo--Nerviosa--susurro y la tomo por la cintura,haciendo que sus mejillas se enrojezcan más y me gusta,me gusta que haga eso --Y estás tan roja como un tomate--rio e inclinando mi rostro hacia ella por lo que empiezo a rozar mi nariz sobre su cuello, haciendo que su olor quede grabado en mi y dejando de contenerme un poco,beso y muerdo leve su cuello,en la zona donde dejaría mi marca,esa marca que me enlazaria a ella por toda la eternidad.

--Ethan detente-su voz sale afectada y trata de empujarme pero la pego más a mí,no quiero soltarla--Vas a dejar una marca--oh nena esa es la idea,quise responderle pero me guarde ese comentario por lo que luego de dejarle el chupetón en la piel,paso mi lengua desde su cuello hasta el lóbulo de su oreja--Ah para--suelta un gemido pequeño jadeo por lo que me detengo de inmediato,oírla jadear me había afectado más de lo normal¡Joder me moriré si sigo así!¡Ethan cálmate!

--Listo--ladeo una sonrisa y tomo una pequeña distancia--Ire a buscar unos pantalones deportivos para que los uses--informo y terminó por alejarme de ella,sentí un vacio en el pecho pero me limité a ignorarlo e ir a busco en mi clóset dichos pantalones junto con otra camisa y unos bóxers nuevos para que los usara -Los pantalones tienen una cuerda para que los ajustes a tu cintura -rasco mi nuca-Es lo único que tengo que pueda servirte -le entrego las prendas de vestir y antes de que ella aparte su mano,la tomo y la entrelazó con la mía,necesitaba sentirla,necesitaba su calidez --Este es el cuarto de baño--la guio hasta la entrada y abriendo la puerta dejo que ella pase primero y luego lo hago yo,en ningún momento suelto su mano-Puedes ducharte y usar mis cosas, eso no me molestara para nada,así que puedes hacerlo sin problemas y cualquier cosa que necesites solo llámame,yo te estare esperando afuera.

--Bien gracias --ladea una sonrisa y poso su vista en nuestras manos-¿Me devuelves mi mano?ya sabes la necesito -pide y asintiendo suelto su mano.

Salgo del baño y escucho como lo cierra con seguro,por lo que río ante su desconfianza,voy y agarro una camisa blanca para luego ponermela,escucho que la regadera es abierta y las ganas de entrar y bañarme junto a ella me invaden pero nuevamente debo controlarme por lo que me acuesto en la cama y cierro los ojos a esperar que salga de la ducha y así podríamos ir juntos a cenar con los demás.

-Ella es hermosa además es fuertes,es como una guerrera--dice Dan abriendo el link que nos une.

-Tienes razón, es la mujer más hermosa que he visto-no puedo evitar suspirar- Creo que no podré tener ojos para otra mujer que no sea ella. Me a dejado totalmente cautivado.

-Tienes razón,así que no vayas a cagarla-me reclama por lo que viró los ojos.

-Bien,pero que conste que ambos debemos poner de nuestra parte,no toda la culpa podría caer sobre mi,ya sabes cómo es ella así que tú también controlate y no vayas a cagarla-digo mientras pienso en el carácter tan difícil que tiene.

-Tienes razón imbécil,hay que ser cuidadosos.

-Bueno idiota,te dejo -termino por cortar nuestro enlace,el cual solo era breve ya que el lobo en mi interior siempre estaría conmigo hasta que muriese.

--Meghan¿Qué me estás haciendo?--suspiro mientras miraba la puerta del baño y escuchaba como aún caía el agua de la ducha...

Nota:Aquí otro capítulo espero y les guste,si es así por favor regalenme su voto y algún comentario ya que me gustaría leer sus opiniones.

Nuevamente pregunto ¿A quien más le gusta cuando narra Ethan?

Debo recordarles que hay varias cosas que e cambiado,dada a la corrección que está teniendo la novela.

Si gustan pueden seguirme en instagram aparezco como zambrano_victoria.

Y si quieren leer otro de mis proyectos,vayan y lean "Hermanos MacCory" es una historia que subí hace poco,pero aún así no es tan nueva,la historia es muy larga xd.

Bueno nos vemos pronto,los quiero.

Besos.

# Capítulo 12.

-------------------------------------------------

M eghan.

Termino de ducharme y una vez que salgo de la ducha empiezo a vestirme,primero me pongo los bóxers azules Calvin Klein de Ethan los cuales eran muy grandes para mí,me frusto pero como dicen,se trabaja con lo que se puede,así que me los pongo y luego cojo los pantalones deportivos, estos no me quedaban a la medida pero dado a que tenían una cuerdita la ajuste a mi cintura y evité que se me cayeran,uso el mismo sujetador que tenía puesto,no quería hacerlo ya que estaba un poco sucio pero la idea de estar sin el puesto enfrente de Ethan y sus amigos,hizo que me dieran escalofríos y por eso termine usándolo, y para terminar mi glorioso atuendo,nótese el sarcasmos,tomo la camisa de Ethan la cual era de color verde y terminó por vestirme,antes de salir del baño, voy hacía el lavado y cogiendo un peino empiezo a cepillar mi cabello,me miro atenta en el espejo y quiero decir que me gusta como lucia,sonara extraño, pero me gusta tener su ropa puesta,ella olía a su perfume el cual no era tan fuerte pero si daba un toque varonil y confieso que tenía una debilidad por los perfumes masculinos,apago la luz y salgo del cuarto de baño,cuando lo hago encuentro a Ethan acostado sobre la cama con los ojos cerrados y a diferencia de hace un rato,él llevaba una camisa que se ceñía a su cuerpo y por ellos notaba como se marcaban un poco sus músculos,mi vista sin querer empieza a recorrer su cuerpo,sus brazos estaban un poco relajados y veo que son fuertes,me percato de su perfil y noto que sus facciones son finas,pero aún así no le quita el toque masculino en ellas,tiene grandes pestañas las cuales son envidiables,sus labios son un poco carnosos y tienen un toque muy mínimo de rosa en ellos,su cabello estaba desordenado por lo que le daba un toque un tanto despreocupado y sexy,sigo detallandolo hasta que mi vista se posa en su abdomen y era obvio que debajo de esa camisa habían unos cuantos cuadritos de chocolate, espere ¿Pense en su abdomen como una barrita de chocolate?pero dejo de verle cuando escucho una pequeña risa salir de sus labios¡Tragarme tierra!¿Habrá visto que prácticamente lo profano con la mirada?

—Se que soy perfecto,pero por favor no me mires tanto,no me quiero desgastar —dice mientras va abriendo sus ojos y se incorpora sobre la cama.

—Arrogante—viro los ojos—Además ¿quien dice que te estoy viendo a ti?

—Ah ¿no?—levanta una ceja y me ve divertido—¿Entonces a quién mirabas?—apoya sus manos en sus piernas y muerde levemente su labio inferior ¡Wow eso fue sexy! Pero controlate Meghan.

—Pues estoy viendo a la nada y resulta que tu estas en medio de ella—digo sarcástica.

—Amo tu forma de demostrarme amor princesa—me guiña un ojo y se levanta de la cama.

—Pues amigo me alegro, no a muchos les demuestro mi más sincero y grato amor—bromeo haciendo que ría un poco más y joder su risa es hermosa,pero ¡Meghan te dije que te calmes!

—Me encantas—me toma de la cintura una vez que está frente a mi¿Cómo llego tan rápido? y por inercia una vez que me apega a su cuerpo dejo mis manos sobre su pecho y trato de guardar una distancia entre los dos,cuando mis manos tocan esa zona,me doy cuenta que su pecho era fuerte y firme,trago en duro al mirar cómo sus ojos estaban fijos sobre mi por lo que trato de separarlo pero me rodea con sus brazos,estos también eran fuertes y me daban una inexplicable calidez que me hizo sentir segura,me hizo sentir como el calor de un hogar y me sentí en cas¿Qué estás haciendo Ethan?¿Qué brujería es esta? Se están pasando,no es justo.

—Eje quieto vaquero —digo un poco incomoda y rie—No invadas mi espacio personal si no tendre que golpearte nuevamente en tus zonas nobles—este deja de reír y traga en duro,mientras que yo le muestro mi mejor sonrisa —Y ahora—lo empujo suave—Vamos a comer porque de verdad muero de hambre—el me suelta y voy a la puerta sintiendo como me sigue,pero antes de abrirla,me detengo —Necesito mi celular tengo que llamar a Sofía—pienso en mi madre—Ella debe estar super preocupada,es más estoy casi segura que ya la policía debe estar buscándome a petición de ella.

—Ella te llamo y me toco contestarle y le dije que te quedaras en mi casa —informa con simpleza y por ello abro los ojo impresionada¿pero que le pasa a mi mamá?—Dijo que no había ningún problema con que lo hicieras aún que me hizo asegurarle de que tenías que llegar mañana temprano a casa, para que puedas vestirte e ir a la universidad sin ningún problema.

—¡Vaya!para ahí chico¿Tú hablaste con mi mamá?—frunzo el ceño y empiezo a molestarme—¿Qué te pasa?¿Por qué lo hiciste?¿Por qué tomaste mis cosas?—me altero ya que se estaba tomando demasiadas libertades y no me gusta eso,al fin y al cabo era un desconocido y se estaba pasando.

—Disculpa no fue mi intención es que estabas dormida y ella llamaba a cada rato—dice y veo que de verdad no hay malas intenciones en sus palabras ni en su mirada,por lo que acercándose,una vez más,deja una de sus manos sobre mi cintura,pero no me apega a su cuerpo,y la otra toma un mechón de mi cabellos y lo pone detrás de mí oreja para luego dejarla sobre mi mejilla.

—Esta bien,entiendo—tomo su mano y la aparto de mi mejilla y trato de alejarme pero este, entrelaza su mano con la mía y no puedo evitar sentir como una corriente eléctrica recorre todo mi cuerpo¿Qué fue eso?—Te disculpo y disculpame a mi por mi actitud es que mi carácter es un poco difícil y no me gustan que toquen mis cosas sin permiso—admito y le veo reír por lo que achino los ojos—No te rías.

—Si eso ya lo se—él al ver mi gesto niega divertido y luego deja de reír —Bueno vayamos a cenar,yo también muero de hambre y lo más probable es que los chicos también—veo que abre la puerta por lo que salgo primero y él lo hace después.

De camino al comedor él no suelta mi mano y yo tampoco lo hago,ya que por muy extraño que suene me sentía cómoda con su tacto y pensaba que si lo hacía dañaria sus sentimientos y no queria eso,era muy raro d que reaccionara así y más por como era mi carácter y como lo había conocido, él era una bestia que trato mal a Daniel,pero se que soy importante para él y se que parte de su mal comportamiento,el cual no justifico del todo pero que busco entender un poco,era debido a que soy su mate,de que era su compañera y si yo sola lo deduje,y era gracias a las explicaciones de Dani que pude llegar a esa conclusión que hicieron que sus actitudes hacía mi fuesen algo más que obvio cuando vi esos enormes celos en él,lo posesivo que se ponía conmigo,el coraje que le daba al ver que soy una persona testaruda y con un carácter nada fácil,la tristeza que vi en sus ojos cuando decidí ayudar a Daniel la primera ves que lo vi,todos esos comportamientos me hicieron dar cuenta que no era alguien más para él,que no era un simple chica que le llamó la atención,no era más que eso y todo quedó confirmado cuando le oí llamarme Luna,por lo que supe que soy muy importante para él y para los de su especie,y por eso se que no podía ser una completa mierda con él,era difícil,si,pero creo que también lo era para ambos y es por eso que decidí buscar entenderle un poco, aunque se que será difícil por qué los dos somos un poco parecidos,ambos éramos testarudos,mandones,no nos callamos nada,queremos siempre tener la razón y sobre todo no nos gusta perder y en mi caso,no me gusta que me digan que hacer y él varias veces lo había hecho,así que solo espero que esto funcione, porque si no lo hace creo que tendría que rechazarlo y verdaderamente no quiero que ambos experimentemos ese dolor,yo no quiero sentirlo.

—Ven—me guía y entramos a un salón,en donde había una enorme mesa —Este es el comedor —dice mientras veo que sus amigos estaban sentados y me miraban con cierta diversión.

—¡Venga Ethan!¿No dijiste que la ibas a dejar dormir?—la burla se hace presente en la voz de Matthew y no entiendo su comentario.

—Hombre ¿Acaso no pudiste contenerte? —esta ves se burla el que creo que se llama Jeremy y mira a Ethan con algo de malicia.

—Venga—rie el que supongo que es Adam —Pero si que fueron silencioso pero—su vista se posa en mi y noto que está cargada de picardía —No cuidadosos ya que Ethan¿no pudiste hacerle un chupetón más pequeño?

Y es ahí cuando caigo en cuenta del doble sentido de sus palabras, por lo que llevo una mano en la zona en la que supuse que estaba la marca y le doy una mirada cargada de enojo a Ethan¡Imbécil! ¡me dejo un chupetón!frunzo el ceño al oír como sus amigos empiezan a reírseal igual que el cretino que,aún me agarra de la mano,puedo sentir mis mejilla arder en vergüenza,nunca había estado en una situación así y creo que sus amigos lo nota porque ríen más fuerte y hasta lagrimas salen de sus ojos y apesar de que me enoje,quería por Dios que la tierra me tragara y me escupidera en Narnia y así tratar de olvidar mi vergüenza.

—Vamos chicos ya dejen de molestarla—él idiota pide mientras deja de reirse—Que no pasó nada de lo que sus mentes sucias y cochambrosas piensan.

—Aja ¿y me vas a decir que eso no es un chupetón?—me señala Adam el cuello.

—Bueno si lo es—se encoje de hombros— Pero no paso nada de lo que imaginan,ahora dejen de molestarlA—dice y estos ríen más, como si los hubiese incitado a que lo hicieran.

—Tranquila—aparece otro chico que creo que es Lucas —Luna me llamo Lucas —se presenta y quedó tipo lo sabia—Cualquier cosa que necesite cuando el Alfa no este me lo puede pedri a mi o si no a todos estos idiotas —señala a su amigo y río por su comentario—Bienvenida —el extiende su mano y yo la estrecho para luego soltarla ya que siento como Ethan,como aún tenía su mano entrelazada con la mía,se tensa cuando saludo a Lucas.

—No te pases Lucas,idiota tu imbécil—se queja Matthew —Pero es verdad Luna estamos para lo que necesite,mi nombre es Matthew y soy el beta—se presenta y sonrió, él tenía un humor bastante divertido por lo visto.

—Yo soy Jeremy y soy el delta,por cierto Luna tiene una buena llave—comenta y reimos todos.

—Gracias Jeremy es que es tuve un tiempo practicando defensa persona y supervivencia —me encojo de hombros con simpleza ya que no buscaba presumir,solo lo dije y por lo que note se sorprendieron—Ademas de que soy cinturón negro en karate y como jugaba futbol, tengo bastante fuerza en las piernas y si no me creen preguntele a Ethan—bromeo.

—Que graciosa —el sarcasmo se instala en la voz de Ethan —Por eso te amo tanto—me rodea por detrás y pone su cabeza en mi hombro¿Este hombre podría darme mi espacio? O sea dije que lo entendería pero me pone nerviosa tanta cercanía,es un pasadito el mocoso este.

—Pero que meloso Ethan—Adam lo mira como si no tuviese remedio—Ya te perdí hermano pero bueno,yo sabía que eso iba a pasar— aparenta dolor—Por cierto luna yo soy Adam y soy él hermano menor de Matthew,es un gusto—sonrie y también lo hago,la verdad es que él también me parecía alguien divertido.

Luego de las presentaciones todos empezamos a comer y hablar un poco sobre nosotros,para poder conocernos un poco más y debo decir que estos locos me agradaron mucho, más que todo Lucas quien era él más centrado y maduro que los demás y por lo que pude deducir de ellos,era que Matthew es el mujeriego del grupo, Adam el bromista,Ethan era el frío del grupo un que tenía un poco de cada uno de sus amigos y por último estaba Jeremy quien era el chico malo,pero aún así era un desmadre junto con Adam,ambos eran los más desastrosos. Mientras estábamos platicando, Ethan estaba junto a mí y no dejaba de tomar mi mano pero en eso entra la misma plástica de la universidad,esa que molestaba a Daniel y toma a Ethan de improvisto,del rostro y hace que,este abra sus ojos en impresion,cuando ella estampa sus labios contra los suyos y forma un beso entre los dos,de inmediato todos en el comedor se callan,hasta las chicas de la servidumbre que estaban dejando nuestra cena sobre la mesa se quedan estéticas,un enojo inexplicable se forma en mi interior por lo que me levanto de la mesa hecha furia,Ethan aparta a la rubia después de unos segundos y trata de detenerme,pero soy más rápida y le proporciono una fuerte bofetada que resona por toda la habitación dado al enorme silencio que había,de inmediato toda su mejilla se torna roja por lo que él lleva su mano a la zona afectada y me mira como si no pudiese creer lo que acabo de hacerle,mi mirada está cargada de enojo y odio,si odio,por que odia sentirme de esta manera tan celosa por un imbécil como él ,un idiota que apenas conocía y sin esperar respuesta o que reaccione,me voy de ahí,corro hacía la salida y logro escapar y agradezco a Dios por que haya un taxi a lo lejos,así que sin pensarlo dos veces lo tomo y dándole la dirección en la que vivo,este maneja a mi hogar. Llego y entro,ya todas las luces estaban apagados, supongo que Sofía ya se encontraba dormida,subo en silencio a mi cuarto y cuando entro,empiezo a llorar sin poder controlarlo y me sentía tanta frustración ya que no sabia el por qué de mis lagrimas,él no es nada mío no tengo que actuar así,me repito una y través mientras me quito su ropa,no queria oler a él,por lo que enojada,tomo otra ducha con la intensión de quitarme su maldito olor,después de un rato salgo del baño y me pongo una pijamas sencillo camino hasta la cama y me acuerdo sobre ella y nuevamente me veo en la necesidad de seguir llorando por lo que terminó haciéndolo solo que mi llanto no dura ¿O sea que me pasa? no puedo,es más no tengo por qué ser tan débil y orar por el,por lo que secando mis lágrimas con algo de brusquedad bajo a la cocina y saco un pote enorme de helado de chocolate tomo una cuchara y vuelvo a mi habitación, prendo la televisión decido poner una película en Netflix y así paso toda mi noche,comiendo helado y viendo películas hasta que pongo,para finalizar mi maratón de películas al azar,el Titanic

—Por esta película si vale la pena llorar—digo mientas está empieza y a medida que las partes tristes vienen, efectivamente lloro pero se que es por la película y no por ese idiota así que después de un rato y de que la película acabe,caigo en los brazos de Morfeo y me quedo completamente dormida...

Nota:Espero y les haya gustado el capítulo y si es así,no olviden dejarme su estrellita y comentario,por lo menos dejen el comentario para leerles xd

Cuándo las cosas medio iban bien,vine la tipa esa y lo arruina pero más la cago Ethan por no quitarla de encima rápido,bueno en fin,prendamos una velita y recemos por el jajajaj

Si gustan pueden seguirme en instagram aparezco como zambrano_victoria.

Y si quieren leer una de mis historias vayan y lean "Hermanos MacCory"

Nos vemos en el próximo capítulo, les quiero un mundooo.

Besos mis niños.

# Capítulo 13.

------------------------------------------------

Antes le leer:advierto que este capítulo tendrá violencia,por lo que si eres muy susceptible a este tipo de situación,no lo leas y así nos ahorramos malos ratos y comentarios,gracias.

Meghan.

Despierto por el molesto y fastidioso sonido de la alarma por lo que la tomo y la apaga sin protestar mucho, sinceramente hoy no tenía ganas de hacer nada,pero me tocaba ir a la universidad y no podía faltar,por lo que me paro con toda la flojera del mundo y entro al baño,me acerco al lavado y me veo en el espejo,tenía los ojos levemente hinchados y la nariz la tenía un poco roja por haber llorado tanto, suelto todo el aire que tengo en mis pulmones y decido entrar a la ducho,la pongo tibia y después de lavar mi cuerpo, salgo envuelta en una toalla camino hasta mi clóset ,saco un conjunto de ropa interior beige, unos shorts de tiro alto de jeans azules, un top gris junto con unos Adidas blancos,me visto y me hecho un poco de perfume,como la hinchazón y lo rojo de mi naríz se habían ido,decido que hoy no me maquillaria ya que ahora lucia basta bien y tenía pereza de hacerlo,así que tomo un abrigo de color gris y que era de lana el cual me llegaba hasta las rodillas y después de hacerme una coleta alta y tomar mi morral junto con mi celular,bajo las escaleras y en eso Sofía se acerca a mi.

—Meghan—me mira y noto que está algo ajetreada — Hoy me tengo que ir rápido al trabajo.

—Ok ¿entonces me voy sola a la universidad y me vengo también sola?—pregunto mientras bajo el último escalón y quedó cerca de ella.

—No mi amor—sonríe mientras camina hacia la salida y se gira hacía mi antes de irse—Alguien te acompañará.

—¿Ah si?¿Quién?—pregunto y de la cocina sale John —¡Joder John!—chillo emocionada y corro hacía él para luego tirarme a sus brazos,este me agarra de la cintura y me sostiene con firmeza por lo que enredo mis piernas en su cintura y enredo mis brazos en su cuello,si es una extraña posición para abrazar a tu amigo y más enfrente de tu madre,pero a ambos nos daba igual,teníamos la suficiente confianza para hacerlo y no sentir nada raro—Feo ¿Qué haces aquí? —sonrio mientras lo miro,estaba muy emocionada de tenerlo aquí.

—Pues vine a pasar algunas semanas aquí, ya que las clases en la universidad de cancelaran—explica mientras me regala una encantadora sonrisa que hasta podía hacer derretir a media población femenina y me incluyo,por que mi amigo estaba bien guapo,me sentía orgullosa de mi misma por tener a un tipazo como él de confidente —Debido a un incendio que hubo en la cafeteria hace unos días y como se propagó,quemó algunas aulas y por medidas de seguridad dijeron que no habrían clases hasta que todo quedara arreglado,por lo que le conte a tu madre y le pedí el favor para quedarme aqui y ella acepto y como mis padres me aman y consienten demasiado —bromea y río ya que en parte tenía razón, él al ser hijo único sus padres tendían a consentirle demasiado apesar de ser un adulto—Me dejaron venir con el amor de mi vida y aquí estoy princesa—beso mi frente—Vine a joderte y a que me jodas unos cuantos días la existencia.

—Oh vaya,no sabía lo del incendio,lo siento¿Hubo heridos?—pregunto mientras me bajo de él y niega—Otra cosa ¿te quedas con nosotras verdad?—lo veo ya que es su explicación no me había confirmado del todo,el hecho de que se quedaría en la casa—No acepto un no...—me interrumpe.

—Si amor John se quedará con nosotras —rie Sofia —Bueno yo me voy,John estas como en casa y por favor cuida de Meghan —dice y viro los ojos—Adios cariño —besa mi frente y termina por marcharse.

—Ahora dime¿por qué has estado llorando?

—Estas loco,yo no e estado llorado—empiezo a caminar hacia la cocina y este me sigue.

—Meghan te conozco más que nadie y se que estuviste llorando —nos sentamos en el mesón y empezamos a desayunar.

—Bueno si lo hice y es porque ayer vi el Titanic —miento un poco,ya que parte de mi llanto se debió a la película.

—¿Segura que es solo por eso que llorabas Meghan Alejandra Smith Braun?—arquea una ceja.

—Si John—viro los ojos—Solo llore por eso,así que deja de preocuparte.

—Hare que te creo así que come rápido,que hoy voy contigo a la universidad.

—Vale pero,luego¿que haras?—pregunto mientras bebía de mi jugo de fresa,me preocupaba un poco el hecho de mientras yo estaba en clases él se quedara solo.

—Me quedo en la cancha y antes de que sea hora de tu receso voy a tu salón,espero que salgas y nos vamos juntos a la cafetería,después que termine te dejo en el salón y me voy a una heladería que esta cerca, ya que tu mamá me dijo que hay una ahí como todo lo que quiera y antes de que suene el timbre de salida, te espero en el estacionamiento ya que nos iremos en mi moto—finaliza y casi quiero reírme por como planifico nuestro todo su día.

—Mmm vale suena interesante—rio—Pero espera—hago una pausa cayendo en cuenta de que dijo que usaríamos su moto—¡¿Te traiste la moto?!

—Si—se encoje de hombros—Mi papá pago un avión privado y me la traje — y se me olvido mencionar que John es de familia un poco adinerada.

—Amo a tu papá—sonrio y le miro emocionada—Y amo andar en moto contigo.

—Lo se enana—besa mi mejilla.

Luego de lavar los platos junto con John, subo a mi habitación y me cepillo, y como vi,gracias a mi amigo,que si se notaba que había llorado,me maquillo un poco y bajo nuevamente,él toma mi morral y salimos de la casa,ya afuera se encontraba estacionada su moto color negra y la cual era una belleza,por lo que caminamos hacia ella,el se sube y me da mi morral para luego pasarme un casco, él me ayuda a ponerme y luego se pone el otro,la enciende y luego me subo a ella,me aferro a su cintura cuando arranca y sonrió mientras pego mi mejilla a su espalda e inhaló su perfume,siento como ríe ente mi acto pero no dice nada y mientras me pide indicaciones,conduce hasta la universidad. Ya cuando llegamos me bajo con cuidado y nuevamente siento todas esas miradas sobre mi y ahora sobre mi amigo, Jonh toma el casco una vez que se lo extiendo y baja su moto,sin decirme nada él vuelve a tomar mi morral y se lo cuelga en uno de sus brazos,este gesto era muy normal entre ambos,al principio me parecía extraño pero él era tan insistente que termine por acostumbrarme y es por actos como estos,es que las personas pensaban que él y yo éramos novios,pero la cuestión era que John era demasiado galante y caballeroso.

—Todo el mundo nos ve—me susurra mientras camina junto a mi.

—Lo se y es raro—también susurro,aún que sabía que nos podían oír.

—Si es asi,vamos a darles de que hablar—dice y de reojo veo como muerde su labio inferior y seguido de eso pasa uno de sus brazos por encima de mi hombro y me pega más a él.

—Eres un caso—rio por su ocurrencia mientras rodeo una de mis manos en su cintura y me apego aún más.

—Bueno no tengo la culpa de que toda esta gente nos mire y si van a ser unos chismosos que den un buen chisme—besa mi mejilla y pasa a besar mi cuello,por lo que abro un poco los ojos,Jonh aveces era un coqueto sinvergüenza y admito que me gustaba esa parte suya,pero ahora,a la vista de todos,eso hacía que quisiese pegarle ante su osadía, pero no lo hacía porque de verdad amo a este loco—Siempre diré que amo el olor de tu perfume —susurra—Me enloqueces bebé —bromea pero le doy un peño golpe en el hombro,cosa que lo hizo reírse con muchas ganas.

Joder John era un caso perdido y de verdad no se como lo aguanto tanto,luego de que él hiciera todas sus cosas raras,que supuestamente eran sus famosas tácticas de seducción,veo a lo lejos a Daniel,por lo que jalando a Jonh lo arrastró hacia donde él estaba,cuando llegamos los presento a ambos y debo decir que a John le agrado bastante Daniel, los tres vamos a mi casillero a buscar unos libros de historia,ya Daniel tenía los suyos y mientras los terminó por buscar,John se dispone a jugar con un mechón de mi cabello,podía sentir una mirada penetrante sobre mi, por lo que volteo a mi derecha y al hacerlo lo primero que ven mis ojos es la intensa mirada de Ethan,sus amigos se encontraban junto a él y también nos observaban,por lo que luego ,viéndolo mejor,me percatarme de que a su lado estaba la misma rubia teñida que ayer lo había besado,le regalo una mirada neutra y virando mi rostro hacía mi casillero terminó por sacar mis libros,por lo que lo cierro y empiezo a caminar,acompañada de Daniel y John,este último vuelve a pegarme a su cuerpo y pasando por un lado de

Ethan,chocamos nuestros hombros pero antes de seguir avanzando, este me toma del del brazo y evita que pueda seguir avanzando,Daniel y John también se detienen.

—¿Qué quieres?—pregunto de manera sería mientras mi vista seguía hacía el frente.

—Necesitamos hablar—habla en el mismo tono que yo,por lo que viró los ojos.

—Usted y yo no tenemos nada de que hablar,ahora suelteme que me lastima—pido virando mi rostro hacia el suyo y encarandolo con la mirada.

—Tu no te iras de aquí y no te soltare hasta que hablemos—me apreta más el brazo,por lo que John se mete y lo toma del brazo enojado,de inmediato los amigos de Ethan nos rodean,el timbre suena y el pasillo en cuestión de minutos se que queda totalmente vacío,a excepción de nosotros,hasta la plástica se fue.

—Ella dijo que no quería hablar con usted —habla entre dientes John y se de sobra que está enojado —Y que la dejara porque la estas lastimando —hace una pausa,tratando de calmar su respiración—Asi que, si no la sueltas por las buenas tendré que hacerte hacerlo por las malas.

Los amigos de Ethan abren su ojos ante las palabras de Jonh y era más que seguro que por sus sorpresas,nadie le había hablado a él de esa manera, mientras que Daniel ve todo con atención,Ethan me suelta y de inmediato le estampa un puñetazo a John,este cae al suelo de inmediato,por lo que aprovecha eso para posicionarse encima de él y sigue golpeandolo,pero John la da un fuerte golpe y lo quita de encima,ahora están diferente,John tiene la ventaja,una ventaja que se va cuando Ethan le vuelve a golpear el rostro y termina por romperle el labio.

—¡¿Quien te crees para hablarme asi?!—lo vuelve a golpear con enojo,parecía hasta poseído por la ira— Te quiero lejos de ella,¡¿me oyes?!—grita y le estampa otro puñetazo,yo trato de acercarme pero me detienen,me sentía mal por mi amigo, él no merecía esto.

—¡Joder Lucas!¡Sueltame!—grito en medio del llanto—¡Esa bestia va a matarlo!

—Lo siento luna pero—no termina de habla ya que le doy un fuerte cabezazo haciendo que pierda el equilibrio,no quería lastimarlo,pero no podía seguir viendo cómo a Jonh le daban tremenda paliza, Lucas no tenía la culpa,pero me estaba deteniendo y le pedí que no lo hiciera,cuando me suelta trato de ir hasta mi amigo,pero me detienen otra vez.

—Por favor para—lloro mientras Adam y Jeremy me tienen de los brazos—Por favor te lo ruego Ethan,no lo lastimes más—ruego sin importarme perder un poco de orgullo haciendolo,pero por Jonh lo haría una y mil veces —Por favor detente.

Ethan termina por darle un golpe a John,quien ya se encontraba casi inconciente sobre el suelo y antes de levantarse le da una patada en el estomago haciendo que un gime de dolor, casi inaudible,escape de sus labios,mientras que yo lloro con fuerza y llena de impotencia,se acerca a mi y me da una bofetada,abro los ojos por lo que hace y no caigo al suelo ya que Adam y Jeremy me sostienen,me sorprende lo que hizo,si y me lleno de tanto enojo,lo va a pagar,Matthew ayuda a Lucas y John trata de levantarse pero Ethan se acerca y de nuevo le da una patada.

—¡Dejalo lo vas a matar!—grito desesperada al ver tal brutalidad.

—¡Callate! o te juroque...— lo interrumpo.

—¿Vas a pegar?—rio con ironía —¡Anda y hazlo que ya no me importa!—le grito molesta—Total ya lo hiciste.

—¡Que te calle e dicho!—vuelve a darme una bofetada mientas me grita.

—Maldito hijo de puta,no la vuelvas a tocar— John trata de gritarle pero de su boca sale otro gemido de dolor.

—¡¿Quieres más golpes bastardo?!—se acerca he intenta patearlo, pero Lucas lo aparta.

—Vamos Ethan vas a matarlo,debes calmarte—lo aleja y este estampa su puño contra un casillero, el cual se rompe por el impacto, Ethan parecía un desquiciado.

—¡Sueltenme!—grito de nuevo.

—Tu vienes conmigo maldita sea—la bestia se acerca y como si fuese un saco,me pone sobre uno de sus hombro.

—Bajame—pataleo y me da una nalgada fuerte,haciendo que arda la zona del impacto,su amigos ibas detrás de nosotros —¡Daniel!—llamo a mi otro amigo en medio del llanto—Ayuda a John—mi voz se quiebra y lloro aún más fuerte,me sentía tal culpable y tenía tanto miedo de que algo le pasará a Jonh—Por favor cuidalo—pido haciendo que Ethan gruña y vuelva a azotar una de mis nalgas,por lo que lloro aún más, jamas había llorado tanto por alguien como lo hacía por John por que el era como un hermano para mi y ahora que estaba casi muriendose por mi culpa eso hacía que algo en mi interior se rompiera,no quería perderlo,no quería perder a mi John.

—¡Maldita sea no llores por ese hijo de puta!—grita furioso una vez que llegamos al estacionamiento y me baja, pegándome así contra la puerta de su camioneta,sus ojos cambian de color a dorado por lo que supe que su lobo quería tomar el control.

—¡Lloro porque me importa! —grito y trata de tomarme de los brazos,pero Matthew y Jeremy lo detiene.

—Sueltenme joder,dejenme darle una leccion por zorra—forcejea.

—¿¡Quien te crees que eres maldita bestia para hablarme asi!?—grito tan molesta que siento como mi garganta quema—Zorra es con la que andas hijo de puta—suelto con asco y puedo ver la ira y el enojo relajados en su mirada—Y si me importa porque ese al que acabas de golpear es como un hermano para mi,por que Jonh es un amigo que hizo un viaje desde California para venir a verme por que me extrañaba al igual que yo lo extraño a él y que si no fuese por el estupido trabajo de Sofía,me hubiese quedado allá con él y jamás hubiese tenido la desgracia de conocerte, esto jamás le hubiese pasado a John,quién como siempre se comportó como un caballero y me defendió,por qué me respeta,por qué ama—hago una pausa—Pero ¿Que vas a saber tu de caballerosidad o de respeto?si me golpearte¿Qué vas a saber tu del amor?si solo eres una bestia —digo con amargura y veo como su mirada cambia ,como ahora sus ojos reflejan la más grande de las tristezas, sus amigos lo sueltan y él trata de acercase a mi pero lo impido—Alejate de mi, me das asco y lastima,solo eres un animale,eres un monstruo.

Y si más ,sin esperar una respuesta de su parte el ignorando el dolor y tristeza de su mirada,corro lejos de ellos y voy hacia donde estaba John,cuando llegó a él,unos paramédicos lo ayudan a levantarse, Daniel me dijo que los había llamado,los paramédico lo sacan y suben a una ambulancia, yo subo con ello y le digo a Daniel que se quede una vez que insiste en ir con nosotros por lo que asegurándole de que estaríamos bien,termina cediendo,luego de una hora llegamos al hospital y ahí es trasladado a cuidados intensivos,yo quise acompañarlo pero no me dejaron y sentándome en una de las sillas que había en la sala de espera,lloro por lo que cubro mi rostro con mis manos y deseo con todas mis fuerzas que a John no le pasará algo malo y que no tuviese nada grave,y poco a poco fui sintiendo la culpa instalarse en mi interior...

Nota : este capítulo estuvo intenso,de verdad no tengo mucho que decir, Ethan se paso y bueno,si les gusta,no olviden votar y dejar su comentario.

Recuerden que estos son personaje literarios y que nada de lo que pase es verdad,aviso que no estoy a favor de la violencia,ni a ningún tipo de ella,por lo que espero y no juzguen a mis personajes o me juzguen a mi,esto es solo una historia en donde se reflejó este tipo de drama,no quiero a gente diciendo que la promuevo o que me pase,por que esto es ficción y nada más.

Si gustan pueden seguirme en instagram aparezco como zambrano_victoria.

Les quiero un montón,besos nenes.

# Capítulo 14.

-------------------------------------------------

M eghan.

Ya a pasado más de una hora en la que no se nada de John, mi madre estaba conmigo ya que la llame he intentado llamar a los padre de John pero ninguno de los dos atienden el celular y estaba desesperada,por mi culpa mi mejor amigo estaba aquí ,en este hospital y lo peor de todo es que no sabia si estaba vivo o muerto,cuando estoy por ir a preguntarle nuevamente a la enfermera sobre lo que había pasado con el paciente John Collins,el doctor que lo atendió sale de la sala de emergencias y al vernos se dirige hacía nosotras.

—¿Ustedes son los familiares de John Collins? —pregunta este.

—Si,lo somos—mi madre se pone de pie y hago lo mismo.

—¿Mi amigo se encuentra bien?¿No esta en peligro? Por favor doctora,díganos.

—Él señor Collins tuvo suerte por que a pesar de las condiciones en las que llegó,las cuáles eran muy críticas ,esta bastante bien —hace una pausa y suelto un suspiro aliviada —Hay que admitir que es un joven bastante fuerte y está fuera de peligro pero—suspira y trago en duro¿Pero que?—En cuanto a su condición física,tiene tres costillas fracturadas junto con varios hematomas por diferentes partes de su cuerpo,además de tener el ojo derecho casi morado por el golpe que recibió, también tiene el labio inferior roto y corrió con la suerte de que no tuvimos que tomar ningún tipo de puntadas—finaliza.

—Gracias doctor —agradece Sofía con una pequeña sonrisa .

—¿Puedo pasar a verlo? por favor, se lo pido—ruego.

—Si,por supuesto vengan.

El doctor nos guía por los pasillos hasta una habitación, donde frente a ella nos explica que solo una persona podía pasar,Sofía decide quedarse afuera y dice que iría a comprar un poco de café,dejando así que fuera yo quien entrará primero,el doctor me da algunas instrucciones para luego retirarse ya que tenía más pacientes por atenderme, así que tomando un fuerte suspiro y preparándome mentalmente para ver a mi amigo y repetirme una y otra vez que debo ser fuerte,entro a la habitación en donde me encuentro a John despierta y acostado sobre la cama.

—Hola John —ladeo una sonrisa mientras camino hacía él y quedó frente a su cama.

—Hola fea —sonrie débil —Ven sientate aquí —da palmaditas en la cama y me siento a su lado.

—John de verdad lo siento, todo esto es mí culpa—tapo mi cara con mis manos pero él las toma.

—Tranquila enana—pone sus manos en mi mejilla y las acaricia —Nada de esto es tu culpa y lo sabes.

—Claro que no—pongo mis manos encima de las las suyas,trato de apartar la mirada pero él lo impide—Por mi es que estas así,por mi culpa te golpearon tan salvajemente.

—Claro que no,tu no fuiste la que me pegaste —habla con seriedad —Tu no sabías que esto pasaría,así que basta Meghan.

—Pero si soy la causante —digo y él me ve pensativo.

—Mm no tienes razón ya que ese animal te estaba lastimando y mi deber como hombre fue defenderte primero porque no puedo ver que maltraten a una mujer,segundo los idiotas que estaban junto a él y también incluyendo a Daniel no hacían nada,y por muy malo que fuese él que me golpeo, los demás no debieron permitir que te tocaran y tercero lo hice porque te amo —finaliza y me hace sentir mejor.

—Gracias John, tu siempre consigues hacerme feliz—lo abrazo y suelta un gemido de dolor —Lo siento—me separo apenada.

—Tranquila enana—pasa un mechón de cabello por mi oreja—¿Cuando me iré? Odio el olor a hospital —dice y río por su comentario.

—Pues justo ahora —entra Sofía —Ya hable con él doctor y dijo que ya te puedes ir,así que ve a vestirte.

—Gracias señora—rie John y mi mamá se retira diciendo que iría a firmar unos papeles para poder irnos.

—John hay que decirle a tus padres—digo seria mientras le ayudo a levantarse.

—Mmm nop—dice como niño pequeño mientras se pone de pie.

—Si hay que hacerlo —vuelvo a insistir.

—Sabes que esto es una bobada—dice y lo veo mal¿En serio?¡¿Esto es una bobada?! casi lo matan y el dice eso—Y no me mires así he estado peor, además no va a cambiar algo,yo estoy del otro lado del mundo y lo único que haré es que se preocupen así que ya dije que no y espero y respetes mi decisión—hace una pausa —En cuanto a los golpes y las costillas fracturadas eso se me pasara y seguramente cuando vuelva a California estaré como nuevo—rie por lo último—Asi que no hay que preocuparnos nena.

—Bien,bien ahora vistete—rio y dejo la ropa,que mamá había traído para él,sobre la cama—Bien te dejo.

—Ayudame a vestir—pide frunzo el ceño.

—¿Estas loco?Creo que esa paliza te dejo con varios tornillos flojos —él rie por mi comentario—Mejor llamo aún enfermero para que te ayude.

—Vamos Meghan—hace puchero — Tengo bóxers y es como si estuviese en un traje de baño—bromea—Además cuando te quedabas en mi casa a dormir,lo hacías en mi habitación y yo dormía en bóxers siempre —dice obvio—Asi ¿Cuál es el problema?

—Tienes razón—rio un poco—Bueno te ayudo feo—lado una sonrisa y pico una de sus mejillas.

Me acerco a él y empiezo a ayudarle,primero le ayudo a quitarse la bata del hospital y queda en bóxers,en parte tiene razón ya lo e visto así y he dormido con él de esa manera,así que no había tanta pena y no piensen mal sobre el hecho de que iba a dormir con él porque aveces me daban mis arranques de rebeldía y me iba a su casa,también lo hacía cuando quería huir de los problemas que habían en mi hogar,las incontables peleas de Sofía y mi padre me hacían sentirme en un infierno,así que huía de casa e iba a la de John y como sus padres se la pasan de viaje la tenía para él sola y nunca hubo problema en que me quedara con él. Luego de ayudarlo a vestirse salimos del hospital y nos dirigimos hasta mi casa,llegamos y lo ayudo a subir a mi habitacion,había decidido que él dormiría ahí ya que está era más amplia y la cama era mucho más grande que la los invitados.

—Gracias Meghan.

—No hay de que—sonrio mientras lo miro—Ven,vamos a quitarte esta ropa y busquemos una más cómoda para ti¿Vale?—él asiente por lo que me acerco de nuevo.

Trato de quitar su ropa con mucho cuidado pero, por más que lo haya intento él se queja y varios gemidos de dolor salen de sus labios,acompañados de una que otra maldición,mientras le ayudo a desvestirte,salgo de la habitación y busco su maleta, Sofía tuvo que regresarse de nuevo al trabajo ya que no le dieron mucho tiempo libre por lo que yo era la única que cuidaría a John,ya en la habitación dejo su maleta en el piso y poniéndome de rodillas,la abro y saco de ella unos shorts holgados grises y una playera blanca,por lo que luego me pongo de pie y bajo la atenta mirada de mi amigo,le ayudo a vestirse,después de hacerlo él se acuesta en la cama,por lo que cogiendo las sábanas lo arropo y cuando se que no necesita nada más, camino hasta el baño y decido tomar una ducha para relajarme. Ya cuando terminó de ducharme salgo del cuarto de baño envuelta en una toalla y bajo la mirada de Jonh camino hasta el clóset.

—¡Vaya Meg! tu cuerpo esta mucho más sexy de lo que recuerdo—rie.

—John—mi voz sale sería mientras empiezo a sacar mi ropa—Nunca cambias—niego y camino de nuevo hacía el baño

—Pero es verdad sabes que siempre e dicho que tu cuerpo era lindo,para nadie es un secreto—mi vista se posa en la suya y me cruzo de brazos mientras miro como su mirada recorre todo mi cuerpo—Pero ahora estas jodidamente sexy —muerde levemente su labio inferior.

Suelto una risa por el comentario pervertido de mí amigo y negando divertida entro al baño,me pongo mi ropa interior rosa junto con unos shorts de pijama negros y una camisa de tiras del mismo color,me amargo el cabello y salgo descalza.

—Si lo digo y siempre lo diré,eres sexy hasta con pijama—me elogia John.

—Tonto—me acuesto junto a él —¿Cómo te sientes?¿Necesitas algo?.

—Si un beso tuyo en los labios—dice pícaro.

—Idiota juro que si no estuviese mal ya te hubiese golpeado por pervertido y por decir bobadas.

—Tu preguntaste y yo respondi con sinceridad—se encoje de hombros.

—Bobo—viro los ojos y tomo el control remoto—¿Vemos una película?—este asiente—Vale ¿Cuál quiere ver?

—50 sombras liberadas—sube y baja sus cejas mientras me ve.

—¡Pervertido!obvio no—rio por lo que dice.

—Bien,bien yo solo decía.

—Tonto,mejor vemos transformes el último caballero,ame esa película —de verdad me encanto.

—Por dos a mi también me gusto y mucho, además de que la actriz esta como quiere —dice y lo veo mal,siempre los hombres y sus cosas pervertidas —¿Que? No tengo la culpa de que este buena,tengo ojos sabes.

—¡Bueno ya! Deja tu lado pervertido y pongamos la película.

Luego de poner la película,bajo y busco bebidas y comida para los dos,luego de poner todo en una pequeña bandeja voy de nuevo a la habitación, la película ya estaba empezando por lo que rápido me siento junto a John y él pasa su brazo por encima de mis hombros y me abraza por lo que con cuidado reposo mi cabeza sobre su pecho y nos disponemos a ver película,lo se,dirían que nuestras cercanías no eran normales,pero para nosotros si lo eran,él y yo nos tenemos mucha confianza y el que hablemos así y nos comportemos de tal manera nos resultaba algo natural. Después de que la película termina bajo a limpiar todo ya que que Sofía hoy llegaba en la noche y quería ayudarla pues sabía que llegaría cansada,tomo mi móvil y al ver que eran las 6:00pm,decido llamar a Daniel ya que tenía varios mensajes suyos y distintas llamadas perdidas de su parte,cuando él atiende le hago sabaer que todo estaba en orden y que John se encontraba un poco mejor y que estaba en mi casa,le pregunto cómo está y responde que él estaba bien,me dice también que le había dicho a los maestros el porque de mi ausencia en sus clases, pero obvio tuvo que mentir diciendo que un familiar mío se cayó por las escaleras de mi casa por lo que que me toco llevarlo al hospital y cuidarlo y era por eso que no pude asistir a las clases, después de concluir la llamada iba a irme nuevamente la habitacion pero toca a la puerta, por lo que me acerco a abrirla y cuando lo hago,veo nada más y nada menos que a la persona que justo ahora me caía mal en todo el mundo y ese era la bestia de Ethan...

Nota:Hola mi gente bella¿Cómo ha estado? Yo he estado muy cansada,de verdad corregir esta historia a sido todo un proceso llevo ya dos días en eso,por que obvio no me da tanto tiempo de estar editandola,pero bueno daré mi mejor esfuerzo y ¡Dios! Para la próxima trataré de hacer una historia que luego no deba corregir tanto,o sea debo admitir que a esta no le he hecho gran cosa,solo e agregado algunos textos y los he arreglado,así que no me quejo como tal,solo que me fastidia un poquito,o sea mínimo,el hecho de que no e avanzado mucho ,de que ya son dos días y ya debí haber terminado,pero bueno trataré de tomarlo con calma xdxd.

¿A quien le gusta John?¿Quien es fan de su amistad con Meghan? No es por nada pero yo si los shippeo JAJAJA

Si gusta puede seguirme en instagram aparezco como zambrano_victoria

Nos vemos amores,besooos.

# Capítulo 15.

-------------------------------------------------

Ethan.

Luego de lo ocurrido me fui al bosque a liberar a Dan quien junto conmigo lo necesitaba, los dos estábamos destrozados por nuestra Luna, nos dolio mucho sus palabras,¡pero vamos!ella tenía razón fui un total animal y lo que jamás me perdonare fue el haberle pegado, Dios soy un completo imbécil,si soy una jodida bestia ,no la merezco y ahora Dan y yo teníamos miedo,miedo a que nos rechace,miedo a que no nos quiera más. Luego de estar corriendo por el bosque en mi forma lobuna percibo un olor desagradable ,un oler putrefacto que me causa náuseas pero también hace que cada uno de mis sentidos se agudice y me mantenga alerta,me detengo en seco cuando de la nada aparecen dos vampiros,de inmediato gruño y me pongo en posicion de ataque,la ira corre por mi cuerpo ya que estos asquerosos se encontraban en mi territorio,uno de ellos me ataca pero soy más rápido y lo golpeo,después su compañero viene al ataque y trata de moderme,pero soy más rápido y lo esquivo, logro desgarre la cabeza de uno de ellos y la desprendo obvio de su cuerpo,el otro vampiro me da mucha más pelea pero termina perdiendo una vez que le muerdo el brazo y lo tiro,este grita de dolor y sin esperar más le arrancó la cabeza de un mordisco, termino y con la respiración un poco agitada inhaló el aroma en busca de percibir ese jodido y asqueroso olor,pero no huele a nada más que a tierra mojada y pinos,por lo que supe que ya no habían más de ellos,corro hacía la manada y les aviso a mi beta y delta lo ocurrido para que estén todos alertas,ya que desde hace mucho tiempo esa especie no rondaba por estas zonas y mucho menos por que este era territorio de hombres lobos y para poder hacerlo debían pedirle permiso al alfa de la manada,cosa que obviamente no había pasado,luego de unas horas Matthew logra encontrar aún vampiro,por lo que lo trae hasta mi.

—¿Pero que tenemos aquí?—ladeo una sonrisa al ver a ese ser tan despreciable — Nada más y nada menos que a un asqueroso vampiro—digo y este rie.

—Y yo estoy enfrente de nada más y nada menos que de un asqueroso perro pulgoso.

—Bien asqueroso—aprieto mis manos —Dime antes de que te asesine¿Qué hacían en mis tierras?.

—Ten cuidado perro —rie—Tu final está cerca.

—Lo repetiré una vez más—suspiro— ¿Qué hacias aquí? y no me digas que estabas cazando porque se muy bien que no es así.

—Y¿ que te hace pensar que no vine a eso?—me reta con la mirada.

—Porque mi beta y delta están pendientes de las zonas juntos con mis demás amigo y mataron a más chupas sangres como tu y dejame decirte que no soy tonto,se que ustedes no casan en manada—deja de reir por lo que ladeó una sonrisa—Ahora tu decides¿quieres una muerte dolorosa o fácil?.

—¡No diré nada!—grita por lo que viró los ojos,sabía que respondería algo así,que predecible.

—Bien tu lo quisiste por las malas—tomo un de sus brazos y se lo arranco,dado a la enorme fuerza que ejercí sobre.

—¡Maldito bastardo!—grita desgarradoramente por el enorme dolor que sentía—¡Hablaré! ¡Hablaré lo juro!

—¿Ahora si?—sonrio malicioso—Bueno habla o desgarrare tu otro brazo.

—Su primo José—veo que traga en duro,por su condición veo que ya no sentía tanto dolor,en si el dolor que estos bastardos podían experimentar al principio podía ser fuerte,pero su capacidad de recuperación era increíble por lo que luego,andaban como si nada— Se alió con nosotros para quitarle su puesto de Alfa de la manana,pero como él muy estupido esta tan sediento de poder,no sabe que más adelante nuestro líder planea asesinarle.

—Maldito hijo de puta—hablo entre dientes molesto,sabía que algo así podía pasar,pero muy en el fondo no creí que fuese tan bastardo como para traicionar a su familia—Matthew ,Jeremy—los llamo y esto llegan.

—¿Si Alfa? —habla Jeremy.

—Saca esta escoria de mi vista y asesinarlo,ya no me sirve—digo y este lo hace—¡Matthew llama a Lucas y Adam los quiero a todos en el despacho!—grito,estaba más que cabreado.

Matthew obedece y va en busca de los que faltan,entro a mi despacho y empieza tirar todo a mi alrededor ¡joder! maldito José como quiero matarte pedazo de mierda ¿Cómo traicionas así a la familia?luego de casi destrozar el despacho llamo a mi padre y le cuento lo ocurrido,este se altera,pero de inmediato dice que estoy a cargo,genial,y que todo tiene que estar en orden y en perfectas condiciones,pues hay vería si era digno de ser el futuro Alfa de la manada y esa fue otra gota que derramo el vaso y cuando me cuelga,me enojo a tal punto de que rompo las sillas,el escritorio y todo lo que estaba a mi paso. Tenía que lidiar con el hecho de que jodi todo con Meghan y ahora está puta conspiración me estaba fastidiando¡Maldito José y su puta sed de poder!

—¡¿Pero que Mierda Ethan?! —el primero en entrar es Adam quién me mira horrorizado.

—Hermano Calmate vas a destruir todo—este fue Matthew.

—¡Joder todo es una jodida mierda! —gruño frustrado sentandome en un sofá que no destruí.

—Haber,haber¿Que paso?—hablas Lucas.

—Resulta que el maldito de José se alio con vampiros para tener fuerzas y atacarme,para quitarme el puesto de Alfa —digo irónico —Pero la gota que termino por derramar el vaso,fue que le avise a mi padre y este dijo que yo estaba a cargo y que todo tenía que salir perfecto —hago énfasis en lo último —Por qué así iba a saber si merecía el puesto de Alfa —culmino y tiro un cuadro que colgaba de la pared—Sin contar que como todos ya lo saben,la cagué en grande con Meghan y estoy a nada de que me rechace —sonrio con amargura —Este día no puede ser más ¡Mierda!—grito frustrado.

—Hermano debes calmarte así no sirves—se acerca Matthew y aleja una lampara que estaba a unos cinco centimetros de mí.

—Mejor tratemos de pensar—camina de un lado a otro Jeremy por la habitación—¿Qué más te dijo el vampiro?

—Que luego de que logren su objetivo,de asesinar a mi padre quien es el actual alfa y ha mi,ya que soy el aspirante directo para ser el puesto,también lo asesinaran —digo ya un poco calmado—Es tan bruto el bastardo que no se da cuenta de algo tan obvio,de verdad que tienen estiércol en el cerebro,esa basura inservible no debe ser familia mía tiene demasiada brutalidad en la cabeza el simio ese.

—Buena esa—no puede evitar reírse Adam —Pero volvidome a ponernos serios ¿Qué haremos ahora?

—Alfa disculpe por entrar sin permiso—se disculpa un guardia que entró de la nada a la oficina —Pero unos vampiros estaban merodeando la casa de nuestra Luna —informa y si la tengo vigilada.

—¡Joder! Ahora quieren hacerle daño a Meghan—me paro de inmediato del sofá—Matthew estas a cargo tengo que sacar a Meghan de ahí, no puedo correr ningún riesgo—digo y este asiente—Lucas y Jeremy ayuden a Matthew en lo que necesiten y usted—señalo al guardia—Ya puede retirarse y mande a que preparen mi camioneta y que ciertos hombres me escolten—ordeno y este asiente—Adam tu vienes conmigo.

Salgo del despacho junto con Adam,mientras que por mi mente pasaba el hecho de que tenía que idear un modo de defensa o de ataque para cuando los vampiros vinieran,debíamos estar preparados para cualquier ataque,pero lo que me desconcertaba y dejaba en desventaja era el hecho de no saber cuando iban a atacarnos,eso me frustraba,pero lo que también me preocupaba, además del bienestar de la manada y sus habitantes,era mi pequeña tenía que protegerla y sacarla de ahí,ella corría peligro ¿Pero como lo haría? Si estaba molesta,ags que día de mierda. Luego de conducir llegamos a la casa de Meghan,bajo del auto junto con Adam y efectivamente nos damos cuenta que habían vampiro aquí ya que aún se podía percibir en el aire su putrefacto olor, mis hombres salen de los autos y se mantienen alertas mientas marcan un pequeño perímetro, Adam cubría mi espalda mientras yo iba y tocaba la puerta de la casa de mi pequeña,por lo que después de un rato ella abre y no puedo evitar detallar lo bella que se ve en pijamas se veía adorable, pero cai en cuenta que su ropa era muy reveladora y dejaba mucho a la vista,por lo que me dieron un poco de celos el hecho de que otros la mirarán así,pero lo que me mato fue que su aroma estaba mezclado con uno distinto,ella olía a otro hombre,ella olía a ese hombre,ella olía a él.

—¿Que haces aquí Ethan? —la molestia se hace presente en su voz por lo que trago en duro¿Y qué esperaba? ¿Qué me recibiera sonriendo después de lo que hice? No,es más era un enorme avance que no me haya tirado la puerta en la cara o me haya dado una patada en la entrepiernas por imbécil.

—Vengo por ti—digo tratando de controlar mis celos productos de su aroma.

—Yo no iré a ningún lado,ahora largo.

—Esto es de vida o muerte Meghan,éstas en peligro junto con tu madre y ese amigo tuyo—lo último lo dije con desagrado.

—¿Qué?—su semblante cambio,ahora luce preocupada y me repito que es por que su madre también está en peligro y no solo se preocupa por el idiota al que ella,ahora olía.

—Ahora no puedo explicarte,solo te diré que debes recoger todas tus cosas junto a las de tu madre y venirte a la mansión—suspiro mientras trato de no acercarme para tocarla,iba,por ahora a darle su espacio—Ahí estarán más seguros y no me sentirse tan frustrado por no saber como estas—lo último lo digo con algo de nostalgia,de verdad quería tocarla y llámenme exagerado pero añoraba sentir otra vez su cálida piel.

—Esta bien,entra—lo hago—Ire a mi habitación,traere mis cosas junto con las de mi madre y de John—gruño por lo último —Por cierto él necesita ayuda para bajar—viro los ojos,que débil —Ya que cierta persona casi lo mata.

—Ok—digo fastidiado,le pone más atención a ese tarado que a mí y me molesta,me fastidia,me hace sentir todos esos asquerosos sentimientos que me jode hasta lo más profundo del ser,pero debo aguantarme,yo me busque solito todo esto—Le diré a Adam que venga.

—Vale,ya vuelvo—dice mientras la veo subir hasta el otro piso.

Llamo a Adam y este viene hacía mí, luego de una hora o dos Meghan baja con tres maletas,me imagina que una es de ella,la otra de su madre y por último una debe ser de el tarado y después de eso nos indica que la acompañemos hasta su habitación y cuando la seguimos hasta ella y entramos, ahí estaba él maldito ese,quien cuando me vio,su mirada reflejo puro odio y desagrado, como si me importara que me mire así,hasta me dieron ganas de gritarle "El sentimiento es mutuo,tarado de mierda"pero me contuve,trate de ignorar el hecho de que él estuviese en la habitación de mi pequeña,pero era casi imposible Dan estaba que mataba al tarado y hacia suya a Meghan para terminar por reclamarla y dejar en claro que era nuestra,pero no era el momento para eso,no podía ser un compulsivo y actuar tan primitivamente ,así que me contuve,otra vez,en si eso lo resolveríamos ella y yo más tarde ya que ambos debíamos hablar,de mala manera ayudo al puto ese y cuando estábamos bajando por las escaleras unas ganas de empujarlo y verlo rodar por estas mismas me invadieron,así que lo iba hacer,juro que estaba tentado y más que decidido,pero Adam fue más rápido y me detuvo hablandome por el Link de nuestra manada,este me advierte que no lo haga pero aún así ambos estábamos muertos de risa,incluso dijo que en otra ocasión me hubiese apoyado pero ahora las cosas estaban tensas y bebía pensarlo bien ya que si hacía eso podía unirlo más a Meghan y eso ero lo que menos quería sin contar que ella se enojaría más conmigo,por lo que que me contuve,ya tendré otra oportunidad para hacerlo...

Nota:Debo confesar que algunas partes de este capítulo me dieron risa xd,pero bueno voten y dejen su comentario por favor,sería de gran ayuda.

Vuelvo y repito¿A quien más le gusta cuando narra Ethan? Se que la gran mayoría debe odiarlo por lo que hizo,hasta yo lo reprendo,pero no sé,me agrada ver su perspectiva... Pero ¿Qué estoy diciendo? Xdxd

Si gustan pueden seguirme en instagram aparezco como zambrano_victoria.

Si están aburridos vayan a leer mi otra novela "Hermanos MacCory" y denle muchoooo amor

Byeee besos.

# Capítulo 16.

---

Advertencia: capítulo cargado de violencia por lo que si eres muy sensible en cuanto a estos temas,te recomiendo que leas otro capítulo o dejes de leer la historia,no me hago responsable,por lo que seguir leyendo esta bajo tu responsabilidad,gracias.

Meghan.

Después de arreglar y preparas las maletas voy a donde Ethan y se las entiendo, este las toma y manda a Adam a que las guarde,pasa menos de dos segundos y luego vuelve,nadie dice nada hasta que yo rompo el silencio diciendo que teníamos que ir a ayudar a John así que los tres subimos a mi habitación,estos al verse se lanzaron miradas cargadas de mucho odio haciendo que el ambiente se pusiera tenso y agradezco que no pasara de eso,por lo que luego le ayudaron a salir de la habitación,las miradas de desagrado que tenían los tres no pasaban desapercibidas y cuando estamos por llegar a las escaleras me aterro un poco,ya que de la nada, pasaron por mi cabeza imágenes de John siendo empujado por las escaleras por Adam e Ethan,mi piel se eriza ante tales pensamientos,pero nuevamente no paso nada,¡Gracias Dios! Y ojala que mi suerte empiece a cambiar,por qué tengo problemas tras problemas,primero cuando vi al idiota de Ethan con la plastica del instituto,la golpiza que le dio a John y ahora tengo que irme a su casa,ya que mi familia está en peligro¿qué más puede pasar?

Luego de más o menos una o dos horas de viaje me doy cuenta de que nos alejamos bastante de la cuidad,ahora todo a nuestro alrededor eran árboles y demasiada vegetación,mientras que las vías llenas de asfalto fueron sustituidas por caminos llenos de tierra por lo que luego llegamos a una especie de aldea,lo que me pareció un poco raro. Cuando entramos a ella y seguimos nuestro recorrido,detalló que era un sitio pequeño,calculaba que vivían como unas trescientas personas o un poco más y después de observar todo a mi alrededor ,el auto se detiene por lo que bajo y al hacerlo no puedo evitar abrir los ojos llena de sorpresa al ver la imagen frente a mi,¡joder había una enorme y bella mansión!había visto casas llenas de lujos,enormes y con un sin fin de cosas,pero esta era única.

—Bajemos—murmura Adam mientras ayuda a mi amigo a bajarse.

—Es hermosa—digo aún admirando la casa.

—Si y es nuestra—menciona Ethan mientras me abraza por detrás ¿Y a éste imbécil que le pasa?

—Si¡Claro que si!—rio sarcástica mientras quito sus manos de encima mio—Deja la bipolaridad Ethan y no digas bobadas.

—Meghan no tolerare...— lo interrumpo.

—Ya déjalo Ethan—viro los ojos,estaba empezando a molestarme—Y vamos adentro,me debes una explicación.

—Ya te dije que estás aquí por tu bien.

—No soy tonta—hago una pausa y luego ladeó una sonrisa—Si no me dices,mi madre y yo tendremos que devolveremos a California junto con Jonh.

—Jamas vuelvas a decir que te irás de mi lado—se acerca y me toma de la cintura y al hacerlo sus ojos cambian de color,ahora son dorados,¡Mierda! Dan quiere tomar el control —Eres mía—la seriedad con la que lo dice hace que trague en duro y más cuando se inclina hacia mi cuello y empieza a rozar la punta de su nariz sobre el,cierro los ojos y una parte de mi lo disfruta,por lo que me doy una bofetada mental y me riño a mi misma—Mía,mía y de nadie más —muerde mi cuello por lo que reaccionó y trato de separarlo de mi —MI luna,de mi propiedad—susurra y hace que frunza el ceño

—¿Qué te pasa?—lo empujó y hago que se separe un poco— ¿Crees que he perdonado el hecho de que me diste dos bofetadas?—apesto molesta—¡No soy tuya!Y tampoco soy un pedazo de tierra para que digas de que soy de tu propiedad¡Idiota machista!—digo furiosa y puedo ver como él se empieza a poner rojo lleno de ira,tanto es su enojo que noto como la vena de su cuello empieza a marcarse a tal punto de que pareciera que reventaria en cualquier momento y por muy imbécil,bipolar y masoquista que suene de mi parte debo decir que se veías increíblemente sexy¡¿Pero por que pienso eso?!¡Él es una bestia!

—Meghan—el agarre en mi cintura se vuelve un poco fuerte por lo que mi piel se eriza y trago en duro—Escuchame bien—acerca su rostro y todo a nuestro alrededor queda en silencio—Jamás vuelvas a faltarme al respeto delante de mi gente—habla entre dientes y toma uno de mis brazos.

—Ethan me lastimas—me quejo ante su agarre—Por favor—susurro y siento una lágrima correr por mi mejilla ya que aprieta mi brazo¿Por qué debe reaccionar así?

—¡Que la sueltes maldito infeliz!—escucho como Jonh levanta la voz y lo toma del brazo y no se de donde saco la fuerza para hacerlo pero se lo agradezco.

—Apartate de mi idiota—se zafa de su agarre con brusquedad—Mira que si me tocas de nuevo no tendré piedad contigo o través —amenaza buscando asustar a mi amigo,pero pasa todo lo contrario pues Jonh sin decirle algo le proporciona un fuerte golpe en el rostro.

—¡Jamás vuelas a tocarla!

De un momento a otro Ethan me suelta y se abalanza sobre John, estos se empiezan a golpea mutuamente pero obvio,Ethan lleva ventaja,ya que John aún se encontraba débil por la anterior pelea y de un momento a otro veo que mi mejor amigo empieza a sangrar,tenía mucha sangre en su rostro, mientras que Ethan solo tenía el labio roto,grito horrorizada y trato de acercarme,pero un guardia me sostiene e impide que vaya a socorrer a John,nadie hacía nada y sus comportamientos eran obvios,ninguno quería meterse en medio de la pelea de un Alfa,eran unos cobardes y eso me enojaba demasiado,John trata de quitárselo de encima pero no puedo,me desespero al ver cómo mi amigo empieza a lucir débil por lo que después de tanto jalonear con el guardia, logro salir de su agarre y me acerco a ellos,trato de quitar a Ethan de encima de Jonh,pero no puedo ya que era demasiado fuerte y antes de que empezara a llorar de impotencia y frustración de manera milagrosa llegan sus amigos y logran separarlo de mi amigo,él aún lucha por soltarse y volver a golpear a John pero no lo dejen,suspiro aliviada cuando veo que Lucas empieza a atender a Jonh,quién estaba tendido en el suelo, Matthew,Adam y Jeremy alejan aún más a Ethan por lo que me acerco a mi amigo.

—John resiste—mi voz se quiebra y mis ojos empiezan a llenarse de lágrima,estaba enojada conmigo mismo por haber llorado tanto,pero no podía evitarlo no me gustaba verlo asi,él estaba fatal y eso me mataba.

—Meghan—su voz sale casi en un susurro.

—Sssh calla—pongo mi dedo en sus labios y empieza toser sangre por lo que me alarmo —¡Ayudenlo!¡Alguien por favor llame a una ambulancia!

—Luna la ambulancia ya vienen en camino—siento como Lucas pone una mano sobre mi hombro y trata de calmarme—Todo...—no termina de hablar ya que Jonh lo interrumpe.

—Megh..an—hablo con dificultad —No me dejes por favor —aprieta mi mano y beso su frente.

—No lo haré John —mi voz sale temblorosa y mis mejillas empiezan a humedecerse una vez más—Eres mi mejor amigo, jamás te dejare solo—hago una pausa—Ademas no te puedes deshacerse de mi tan fácilmente —trato de bromear y hago que sonría,Dios me partio el alma verlo sonreír tan débil.

—Meghan estas tan ciega—niega y cuando le pediré que no hable para que no se forzará tanto, él sigue—Yo no te veo de la misma manera en la que lo haces tú.

—John no hagas esfuerzos,luego hablas pero por favor para.

—Estoy cansado—susurra y mi corazón empieza a latir con fuerza—Puedo escuchar las olas Meghan —susurra y un nudo se forma en mi garganta.

—John por favor detente,guarda tus fuerzas.

—Cuando volvamos a California,tenemos que ir a la playa Meg,sabes que me gusta mucho

—Si lo haremos—trato de sonreír mientras sus ojos conectan con los míos —Y jugaremos voleibol de playa para luego quedarnos hasta la noche y dormir sobre unas mantas mientras mirábamos las estrellas y sentimos el calor de la fogata—sonrio con melancolía y siento como deja una mano sobre mi mejilla.

—Te amo Meghan siempre fuiste mi amor verdadero—confiesa y trago en duro—Dime que me amas—susurra y trata de levantarse pero lo impido—Para así morir en paz.

—John tu no vas a morirte—dejo mi mano sobre la suya,esa con la que me acariciaba—Tu no puedes dejarme,no te lo permito niño feo.

—Por favor, te lo pido—suplica y mi corazón se rompe cada vez más cuando veo que escupe sangre—Solo quiero oírte decirlo.

—¡Te amo,te amo!—levanto la voz y me siento desesperada,lo estaba perdiendo,yo estaba perdiendo a mi Jonh.

—Gracias Meg,por todo—sonrie una vez más y sus ojos empiezan a cerrarse.

—John despierta—lo muevo una vez que sus ojos se cierran por completo —Vamos bobo no me asustes—lo muevo mas pero él no responde—¡John!—grito desesperada y lo abrazo con fuerza,en eso escucho las ambulancias—No puedes dejarme,no puedes irte—susurro—Prometiste quedarte que te querías conmigo siempre,dijiste que envejeceriamos juntos,por favor.

—¿Qué le sucedió?—es lo primero que pregunta un paramédico mientras se agacha hacía nosotros.

—¡Imbécil no llego a tiempo!—me separo del cuerpo de mi amigo y lo empujó con fuerza—¡Él murió!¡no resistio!¡no pudo!—lo golpeó y me toman de los brazos por lo que empiezo a forcejear.

—¡Callate maldita sea!—el grito de Ethan resuena por el lugar y me detengo a verlo—No llores a ese imbécil.

—¡Maldita bestia!—me abalanzo contra él-—¡Eres un asesino!—empiezo a golpearle—¡Haré que lo pagues!—grito y antes de que pueda volver a golpearle siento un pinchazo en el cuello y virando mi rostro me encuentro con Lucas quién termina de inyectarme algo en el cuello y antes de que caiga al suelo, Ethan me sostiene con fuerza entre sus brazos y lo impide—Te odio,te odio Ethan Black—es lo último que susurro antes de caer en la inconciencia....

Nota:¡Omg! Confieso que cuando escribí este capítulo llore y ahora que lo corrigió también volví a experimentar ese sentimiento y confieso que me pareció raro por qué pasaron cinco años desde que la termine y aún me da nostalgia xdxd,pero bueno que¿Qué les pareció a ustedes? Si les gusta comenten o dejen su voto,se los agradecería mucho.

Creo que la mitad debe oidar a Ethan,el tipo lo arruina cada vez más,si,pero recuerden ninguno de los personajes es perfecto y cada uno compete errores,errores que irán enmendando conforme avanzan los capítulos,por favor no juzguemos¿Vale? Se que es difícil por que él,se pasa de hijo de p..a pero bueno hay que darle drama al asunto,estás son historias no lo olviden y si no te gusta,te recomiendo que dejes de leer, así no pasas malos ratos y nos ahorramos malos incovenientes.

Gracias por todos,si gustan pueden seguirme en instagram aparezco zambrano_victoria.

Les quiero.

# Capítulo 17

Meghan.

Siento como alguien me esta moviendo y no se que pasa,¿No me acuerdo de nada?¡Oh mierda! ¡John! Esta muerto,el lo mató.

—Vamos Meghan, despierta solo es un mal sueño—susurran y esa voz es la de John ¿esta vivo? o ¿Estoy muerta?

—John—abro los ojos de golpe y noto que su mirada luce preocupada.

—Enana ¿qué te pasa?—pregunto y escucho un gruñido por lo que veo todo a mi alrededor y noto que aún estamos en el auto,aún estamos Ethan,Adam,John y yo.

—¡Estas vivo!—sonrio feliz y me lanzo a sus brazos.

—¡No la abraces!—se queja Ethan —Sueltala o te parto los brazo.

—Tranquila solo fue una pesadilla—mi amigo susurra mientas yo sigo entre sus brazos,temia que si lo soltara él desapareciera.

—Si,solo una—susurro y me separo un poco para detallar bien su rostro—Estas aquí,sigues conmigo—mi voz se quiebra y una lágrima corre por mi mejilla.

—Princesa no llores—me consuela Ethan.

—¿Qué pasa Meg?¿Tan mala fue la pesadilla?—Jonh empieza a quitar mis lágrimas y niego,no tenía palabras para decirle lo que había soñado,todo se había sentido tan real.

—Mira bueno para nada—gruñe Ethan —Deja de decirle así a mi pequeña,porque juro que no solo te romperé los brazos,si no que te cortare la lengua y haré que te la comas¿Entendiste?

—No quiero hablar sobre eso—ignoro a la bestia y me acomodo sobre mi asiento para luego reposar mi mejilla contra la ventana—Mientras más rápido lo olvidé,será mucho mejor ya que fue muy doloroso— susurro y de verdad eso me afectó bastante por qué creí que Ethan lo había asesinado,creí que esa bestia también podía llegar a ser un terrible monstruo y no puedo evitar sentirme mal,se que me abofetio eso es algo que me jode y es algo que no le perdonaré tan fácilmente,pero creo que me pase al pensar en que él podía llegar a ser un asesino.Cuando tengo la intención de dormir un poco, Jonh intenta acercarse pero una voz enojada lo impide.

—Me canse—su tono de voz se torna mas molesta—Deten el auto—ordena y el auto se detiene por lo que me tenso una vez que la puerta trasera,contaría a mi,se abre¿Qué va hacer esta bestia?—Idiota bajate y siéntate adelante que tiene cansado con tu miradera,me tiene fastidiado esa estúpida mirada de enamorado—gruñe por lo que la tensión en el ambiente se intensifica — Pero recuerda esto podrás ver,más no tocar—mira con arrogancia a mi amigo,quién a regañadientes sale y se sienta en el puesto del copiloto.

—¿Tenías que hacer esto? —pregunto mientras veo que se sienta a mi lado.

—Era eso o que perdiera la cordura y lo matara.

—Estoy enojada contigo Ethan,me abofeteaste dos veces.

—Lo se y decirte que lo siento no sería suficiente,estoy arrepentido y me desprecio por eso —él lleva una mano hasta su cabello y lo hace para atrás—Pero por favor,no me odies—vira si rostro hacia mi y veo el arrepentimiento en sus ojos—Me pase de bastardo pero por favor no me dejes,no te alejes de mi.

—No prometo nada,te pasaste de bestia—es lo único que digo para luego quedarme en silencio y posar mi vista en la ventana, él no vuelve a decir nada así que a medida de que veo los árboles pasar me voy quedando dormida.

Antes de poder caer en la inconciencia siento su cálida mano toca mi mejilla,me remuevo un poco pero él no se detiene,es más se acerca tanto a mí que sin pedirme permiso para uno de sus brazos por encima de mi hombro y me apega a su cuerpo,frunzo el ceño y trato de apartarlo,pero no deja que lo haga,es más se inclina y esconde su rostro en mi cuello,mi cuerpo se tensa cuando su nariz roza mi piel y su mano acaricia uno de mis hombros que estaban al descubierto,quiero empujarlo con fuerza por que estoy enojada,por que no quiero ceder tan fácilmente,por que me abofeteó,pero no puedo,no puedo por qué otra vez siento ese calor recorrer mi cuerpo,por que siento otra vez esa seguridad y calidez que me recuerda a un hogar y me odio,odio esa parte de mi tan idiota,tan masoquistas y tonta pero es muy fuerte y me hace caer¿Qué está haciendo el conmigo?¿Qué me estás haciendo bestia?

—Tu olor me embriaga —un susurro ronco sale de sus labios por lo que abro los ojos.

—Esto es raro Ethan—una risa nerviosa se escapa de mis labios cuando empieza a besar mi cuello—Para,estoy enojada.

—Solo un rato,por favor,solo te pido un rato —sigue besando mi piel y no puedo evitar estremecerme —Amo tu olor—muerde un poco mi piel y un pequeño jadeo escapa de mis labios—Amo que hueles a fresas —besa mi hombro y nuevamente sube a mi cuello—Chocolate—siento su lengua sobre mi piel y aprieto mis manos—Y menta— toma mi mentón y que vire mi rostro en su dirección por lo que muerde mi barbilla mientras deja su mano sobre mi cintura y está se cuela por el interior de mi camisa y no puedo evitar pensar en que no estamos solo,por lo que me sonrojo¡Es un sinvergüenza!—Y prometo que no descansaré hasta enmendar mi error princesa,fui un gran hijo de puta—su mirada se posa sobre la mía y trago en duro al ver la intensidad en ella—Pero daré lo mejor de mí,para ser merecedor de ti —pega su frente a la mira y su vista baja a mis labios—Eres mía Meghan.

Y sin más él estampa sus labios contra los míos,abro los ojos y dejando mis manos sobre su pecho trato de apartarlo,pero él no cede,es más me apega más a su cuerpo,luego pero una mordida en mi labio inferior hace que me queje por lo que aprovecha eso para intensificar su beso,su lengua se abre pasa a mi boca y siento como su mano sigue tomándome con firmeza,sus labios se mueven de manera lenta sobre los míos y me estremezco cuando su legua empieza a jugar con la mía,sin poder evitarlo cierro mis ojos ante la situación tan placentera,mi mente grita que lo aparte pero mi cuerpo dice otra cosa,mi cuerpo lo disfruta y pide por más,mi uso de la razón está en desacuerdo pero el deseo gana y terminó moviendo mis labios contra los suyos,a su mismo ritmo un ritmo que el lento y pausado,pero que también está cargado de destreza y pasión,me besa como nunca nadie lo había hecho,me besa de una manera que hace que mis senos se endurezcan debajo de la ropa interior y que la humedad en mi entrepiernas moje un poco mis bragas y las vuelve un desastres,él deja una mano en mi nuca y me toma con firmeza mientras sigue moviendo de manera tortuosa sus labios contra los míos,se separa un poco y luego sus labios vuelven a rozar los míos,muerde y succiona mi labio inferior a su antojo y varios jadeos escapan de mis labios,solo que él termina callandolos con la manera tan astuta de besarme y no puedo evitar preguntarme ¿En donde aprendió a besar de esta manera?

—Ya vamos a llegar—alguien aclara la garganta y hace que abra los ojos,por un momento olvide que no estamos solos.

—Vale—Ethan toma una pequeña distancia y veo como en sus labios,ahora un poco hinchados por el beso,se forma una sonrisa—Esto no termina aquí princesa —se inclina hacia mi oreja—Asi que prepárate Megah —susurra y siento como sus dientes atrapan el lóbulo de mí oreja por lo que trago en duro—Enmendare mis errores,lo prometo —besa mi mejilla—Por que es todo o nada—su vista se posa sobre mi rostros—Y yo quiero todo de ti...

Nota:¡Aaaah soy tan cruel!¿Los asuste?¿Se esperaron este cambio? Pido disculpas si me pase con el capítulo anterior,con esas advertencias y demás cosas dramáticas xdxd. Pero me dieron ganitas de hacer algo loco,con un pequeño toque de diversión(vamos a decirle a esto diversión oscura xd)jajaja

Si les gusto el capítulo por favor voten y comenten,me gustaría saber qué les parece

Pueden seguirme,si quieren en instagram aparezco como zambrano_victoria.

Les quierooo y nuevamente ¡lo siento! Jajajaja nos vemos.

Besitos nenes

# Capítulo 18.

M eghan.

Luego de ese momento un tanto incómodo llegamos a la manada, un lugar muy lindo a decir verdad, la primera vez que vine no la observe bien pero ahora si estaba atenta a ella, Ethan se acerca y nos explicando que aquí es donde vive junto con su familia y algunos miembros de la manada, también nos dice que la gran mayoría de los integrantes de la manada se encontraban en la cuidad, este era un pueblo más pequeño que quedaba a unas horas de ella y que era habitado más por lobos que les dio el término de "guerreros" los cuales se encargaban especialmente de defender a la manada en caso de que cualquier especie les atacará, le pregunté si los guardias que nos acompañaban hacían lo mismo pero negó diciendo que ellos a diferencia de los guerreros, solo se encargaban de defender a la familia principal, o sea a la suya solamente, comenta que ese cargo pasaba de generación en generación y que era un enorme privilegio pertenecer a ellos, que su deber con la manama eran tan grande, que hasta daban sus vidas por ella, en si eran personas bastante respetadas y entregadas. Cuando el auto se detiene todos bajamos y veo la enorme mansión en la que vivía Ethan la cual, ahora gracias a la luz del día, pude detallar y debo decir que era preciosa, no tenía palabras para describir lo imponente que era.

—¿Te gusta?—me abraza por detrás y susurra sobre mi oreja¿Acaso él no conoce el espacio personal!

—Si es linda—dejo mis manos sobre las de Ethan y trato de separarme,pero como siempre,él no me deja hacerlo.

—Que bien porque es nuestra—susurra dejando un besa en mi hombro,¿¡pero es que no tiene pena!?Su amigo y los guardias nos ven y el como si nada¡Descarado!—De nuestros futuros hijos—trago en duro—De nuestros cachorros— su voz sale como si fuese una afirmación y por mi mente pasa la imagen de él siendo besado por la perra plástica esa,la maltratadora rubia teñida.

—Y de tus perras plásticas —digo con amargura y quito sus brazos de mi,por lo que me aparto de él.

—¿Pero que te pasa?—frunce el ceño y levanta la voz¿Es que no puede reaccionar de otra manera? Ya me cansa con esa actitud—¡¿Por que Mierda tienes que ser así?!—se altera—Quiero enmendar todo contigo,pero tú no ayudas,tu jodida actitud no me deja.

—Porque me da la gana—le replico molesta—Y porque quiero y tú —lo señalo—No eres nadie para callarme, además¿Cuando dije que te la iba a poner fácil?—y si mi bipolaridad sale a la luz.

—¡Eres una insolente!—levanta la voz —¿Es que siempre vas a ser así?¿Tan malhumorada y bipolar?

—Pues si y dejame decirte que no espero a que me entiendas ni nada,soy así y no cambiare por nada ni nadie—frunzo el ceño, él se queja de mi ¡Pero él también es bipolar y malhumorado!

—¿Por que coños me tratas así? En un rato estamos bien y al otro mandas todo a la mierda —veo como su pecho sube y baja,se estaba enojado bastante el hombre—Cometí un error y busco arreglarlo,pero no me dejas.

—Por que si y te recuerdo que la causa por la que me fui de aquí en primer lugar fue porque estabas besando a una perra,por que apesar de que te disculpaste no puedo olvidar tus dos bofetadas—hago una pausa y siento el enojo correr por mi sistema— Y si fuera por mi justo ahora estaría muy lejos de ti,tomando un avión con mi mamá y John para alejarme de toda esta mierda de mundo que me arrastro hasta aquí.—finalizo y mi pecho sube y baja por lo agitada que estaba mi respiración,estaba tratando de no perder el control.

Todos a nuestro alrededor se mantienen en silencio y a la espera de lo que puede pasar,mientras que Ethan aprieta los puños y se dispone a caminar hacía mí con una mirada tan frío que me hizo estremecer,pero Matthew,quién había salido de la mansión por nuestro escándalo,lo impide poniendo una mano sobre su hombro, él se acerca y le susurra algo a Ethan que no logro escuchar para luego llevarlo hasta el bosque en donde se pierden en medio de los árboles,suelto un suspiro y le doy gracias internamente a Matthew ya que si no hubiese llegado y llevado a la bestia al bosque,aquí se arma una guerra,porque de una les digo no me iba a quedar callada,si ese imbécil buscaba pelea yo se la daría.

—Luna—viro mi rostro hacia Lucas y le doy mi atención —Los llevaremos a su habitación.

—Gracias Lucas —le regalo una sonrisa cordial —¿Me podrías ayudar con Jonh?

—Tranquila enana—mi amigo habla desde el auto—Yo puedo solo —dice mientras sale de auto y en el proceso hace una mueca de dolor—¿Ves?

—Si bobo se que te duele,tu cara te delata—me rio—Así que quieras o no,voy ayudarte —me dispongo a acercarme pero me detienen.

—Luna no creo que sea prudente que usted lo ayude—se interpone en mi camino Jeremy, él también había saludo de la mansión junto con Matthew y Lucas.

—¿Por qué Jeremy?

—Los hombres lobos tienden a ser muy celosos y posesivos con sus mates pero—Adam se acerca a nosotros—Cuando se trata de un alfa es muy distintos y más si el alfa acaba de encontrar a su luna,se vuelven más salvajes y sobreprotectores —me mira serio—Son muy recelosos y él apesar de que se está controlando —se que habla de Ethan —Aveces no puede calmar del todo ese instinto,no lo justificare pero no es del todo su culpa tener este tipo de comportamientos hacía ti, él no quiere hacerte daño y no quiso hacerte daño, estoy seguro de eso por que lo conozco y sé cómo es, él de verdad se arrepiente—suspira y por su mirada se que habla con sinceridad —Asi que trata de ponersela, mínimamente fácil y no te acerques tanto a tu amigo,por ahora,por qué si Ethan percibe el aroma de Jonh sobre ti se enojara y le querrá hacer daño.

—Esto es el colmo—me quejo un poco,o sea lo entendía pero no podía evitar sentirme un poco enojada.

—Es por su bien y el de Jonh,por favor ceda un poco.

Resignada decido ceder un poco ya que el bienestar de mi amigo me importaba demasiado,por lo que son Jeremy y Adam quienes ayudan a John y lo hacen con sus maletas,mientras qué Lucas lo hace con las mias y una vez que entramos a la mansión nos guían hasta unas escaleras y dicen que debemos subirlas,lo hacemos y primero llegamos a la que sería de Jonh,el cual con ayuda de los demás entra y se dispone a arreglar sus cosas y asegurándome de que él estará bien,debo dejarle, antes de irme él me ve y me regala una sonrisa triste,sabía que esto de que no me acercara no le gustaba,pero por su bien debía mantener distancia así que,muy a mi pesar,me despido moviendo mi mano y junto con Lucas seguimos avanzando por los pasillos,los demás habían decidido ir a sus habitaciones una vez que Jonh ya estaba cómodo en su habitación.

—Su habitación está al final del pasillo—dice Lucas después de un largo silencio —Y la del alfa también,son las únicas al final

—¿Por qué?—pregunto —No quiero quedarme ahí¿No puedes darme otra? ¿Una más alejada de ese?

—Porque así él lo quiso Luna —se para al frente de la habitación—Y no,no puedo darle otra habitación sus ordene fueron muy claras,lo siento pero él no puede alejarse de usted.

—Esta bien —ladeo una sonrisa—Muchas gracias—él asiente y dejando las maletas en el suelo,se despide y luego se marcha por los largos pasillos.

Entro a la habitación y dejo mi maleta arriba de la cama y detallo cada parte de ella,tenía un toque elegante y era muy espaciosa, tenía un enorme ventanal y me gustaba la vista que daba hacía partes de la mansión y el bosque, también habían dos puertas, la primera era closet el cual era muy espacioso y la segunda puerta llevaba al cuarto de baño,por lo que después de mirar detalladamente la había me dispongo a ir a este para tomar una ducha ya que el calor se había vuelto insoportable así que entro y me despojo de toda mi ropa, me adentro a la ducha y abro la llave,cierro los ojos al sentir como las gotas de agua se deslizan por mi piel y me relajo,salgo de la ducha envuelta en una toalla y voy a mi maleta, saco un conjunto de ropa interior rosa pálido,junto con unos shorts altos color negro,una camisa de tirantes blanca y unos Adidas morados,agarro mi cabello en una coleta alta y no me maquillo,salgo de la habitación y me en camino a la de John ya que a pesar de que no debía acercarme mucho a él,no podía dejar de preocuparme,así que cuando llegó a ella, toco la puerta pero él no contesta,por lo que me alarmo y entro a la habitación y al hacerlo mis ojos se derriten de ternura ante la imagen de Jonh quién estaba boca abajo sobre la cama, usando solo unos bóxers,con su cabello cubriendo su rostro y con la boca ligeramente abierta y me dan ganas de hacerle una maldad,como pintarle la cara o algo así,pero descartó esa idea ya que estaba enfermo y no debía ser mala con él,pero a la próxima no se salva,sin hacer mucho ruido me acerco a la cama y lo cubro con las sábanas,beso su frente y salgo de ahí,bajo las escaleras y noto que no hay nadie en la entrada y me dispongo a ir a la cocina pero tampoco se ven personas,de seguro deben estar ocupados,pensé y me dirijo al refrigerador y se que estaba actuando como la dueña de esta casa pero tenía demasiada sed,por lo que tomo un zumo de naranja y lo bebo al igual que decido tomar una manzana roja y empiezo a comerla,noto que una puerta daba al jardín por lo que aún comiendo mi manzana,salgo y me encuentro con unos cuatro guardias quienes de inmediato me observan, seguramente Ethan les había mando a cuidarme,sus miradas empezaban a incomodarte por lo que decido alejarme un poco ,pero sentía que me seguían,trato de ignorar ese hecho y sin darme cuenta llegó a una parte del jardín llena de hermosas rosas rojas y como el daba al bosque,con algo de curiosidad decido caminar hasta el pero un guardia se interpone en mi camino.

—Luna ¿a donde cree que va?—pregunta el guardia quien era un moreno de ojos color miel,muy lindo por cierto.

—Iré a caminar un rato—respondo con un poco de fastidio—Así que si no le importa —trato de esquivarlo pero otro chico se interpone en mi camino—¿Podrían dejarme pasar?.

—Lo sentimos Luna,pero el Alfa nos oderno que teníamos que cuidarla y no dejarla irse lejos de la mansión.

—Pues lo siento pero su Alfa no es nada mío cómo para que sus órdenes caigan sobre mi —explico y veo que tragan en duro, no se las estaba poniendo muy fácil que se diga—Por lo tanto  que soy libre de hacer lo que quiera y dejenme decirles,a mi nadie me oprime—frunzo el ceño y por el asombro que hay en sus rostros,me deja en claro que no es muy común que se desobedezcan las órdenes del alfa o de Ethan en este caso—Nadie me calla y nadie me quita mi libertad¿entendido?—ellos asienten por lo que sonrió,creo que me salí con la mía—Bueno nos vemos

—Luna por favor—ruega un chico una vez que trato de irme y me detengo ante el tono de su voz—El Alfa puede llegar a castigarnos si usted se marcha.

—Todo estará bien—me vio hacía ellos—No voy a permitir que nadie les haga daño—sonrio un poco—Tendrá que pasar sobre mi cadáver para poder hacerlo —bromeo para aligerar la tensión.

—Usted tiene carácter Luna—habla el moreno de lindos ojos—Y un buen sentido del humor—ladea una sonrisa y no puedo evitar pensar que seguramente a más de una chica derritió con ella—El alfa es muy afortunado de tenerla,no parece mala persona y es muy linda.

Sonrió y le agradezco para luego retomar mi camino hacía el bosque y adentrarme en el,cundo estoy en el aprecio lo hermoso que era,lo cálido que podía llegar a ser y me resultaba agradable sentir cómo la suave brisa chocaba contra mí rostro,veo las ojos de los arboles caer y ha medida de que avanzaba podía oír el cantar de algunas aves y eso me hacía sentir mucha paz,camino un poco más y al ver una roca decido sentarme sobre ella para poder descansar un poco debido a que llevaba bastante tiempo caminando y noto que ya de había hecho tarde pues el bosque se encontraba más sombrío y lleno de silencio,por lo que me extraño,pero aún así no me alarmo porque aún podía ver la mansión,no estaba tan lejos de ella por lo que si grito y pido ayuda seguramente vendrían a socorrerme, así que despreocupada me bajo de la roca y decido acostarme sobre el suelo,sin importarme ensuciarse un poco,pongo mis brazos detrás de mí cabeza para usarlos de almohadas y cuando estoy por cerrar mis ojos,en mi campo de visión aparece un enorme lobo color negro,trago en duro y de inmediato me levando y al hacerlo ambos cruzamos mirada y cuando notó los intensos ojos dorados del imponente y hermoso animal,de esa bestia tan intimidante,se que es él...

Nota: solo quiero decirles que este capítulo está reescrito y que si les gusta,por favor,voten y comenten ,se los agradecería mucho.

Si gustan pueden seguirme en instagram aparezco como zambrano_victoria.

Nos vemos nenes, besitos.

# Capítulo 19.

E than.

Me dirijo al bosque junto con Matthew hecho furia¡Joder pero qué mujer!¿Siempre va a ser así de bipolar?¿así de cambiante?me equivoque,lo repito y lo resalto,pero tengo un temperamento de los mil demonios y ella no me lo pone fácil ¡y lo se!¡joder lo se!se que ella no está en la obligación de hacerlo¿Pero no pude tener un poquito de piedad?Cuando siento que vamos bien,cuando siento que estoy siendo amoroso con ella y busco enmendar mi estupidez,ella viene y lo complica todo con su mal carácter,admito me gusta y se que es parte de su personalidad y no pienso cambiarla,pero quiero que trate de ser flexible conmigo y¿Es que las mujeres no pueden ser normales? Uno nunca sabe que es lo que piensan,como actúan,como se siente o que es lo que les molesta y ella es tan complicada ¡Joder son tan difíciles! Estoy tan sumergido en mis pensamientos que no me doy cuenta de que Matthew,quién se encontraba camino a mi lado,llevaba rato hablandome.

—Ethan ¿me estas escuchando?—se queja y llama mí atención.

—Si te soy sincero,no.

—Y yo que llevo hablándote desde hace rato —gruñe —Estaba hablando solo como el propio estúpido.

—Lo siento ando en otro lado—rasco mi cabeza en modo de frustración —Primero el estúpido de José amenazandome,mi padre poniendome aprueba para ver si soy digno de ser un Alfa, cosa que me hace cabrear más por que aún no puedo creer que haya dicho eso—digo molesto—La manada esta completamente a mi cargo y tengo que velar por ellos y para completar amenazan con quitarme a mi luna,con quién ahora tengo una relación un poco tensa dado a que la cagué,sin contr que debo cargar con su mal carácter el cual me hace cabrear y perder el control en algunas ocasiones.

—Estas mal hermano,estamos muy mal así que¿Salimos de fiesta?—bromea al ver que he soltado parte del estrés que llevo dentro y ante su comentario lo empujó leve.

—Pendejo bueno para nada,te estoy hablando serio y me sales con eso,que idiota.

—¡Ay vamos! No te comportes como un puto viejo amargado—se burla y lo fulmino con la mirada por lo que empieza a reírse con más ganas—Me divierte molestarte.

—Eres un grosero asqueroso —frunzo el ceño—Definitivamente eres un imbécil .

—¿Sabes? Meghan es preciosa —comenta de la nada y aprieto mis manos,no me gustó que dijera eso—Tiene una carácter bastante excitante

—Matthew —mi voz sale fría y trato de no lastimarlo por que me repito una y otra vez que es mi beta,mi mejor amigo,el mocoso con el que crecí y que lo necesito —Callate antes que me desquite contigo,te lo advierto un comentario más como ese y haré que lo pagues.

—Tranquilo hombre—veo como ladeó una sonrisa—Sabes que nunca me materia con tu luna,solo lo digo porque es gracioso verte así de cabreado—se encoje de hombro y negando río un poco

—Se que no te meterias con ella —admito y suspiro —Es que Meghan es especial de verdad que lo es—sonrio como el propio estúpido enamorado —No se,pero su manera de ser me encanta,me fascina su mirada tan decidida y desafiante,pero cuando sus ojos se tornan tristes e inseguros me invade la necesidad de protegerla—muerdo mi labio inferior al imaginarmela—Cuando se pone celosa me enciende,cuando actúa de manera tierna y se preocupa por otros hace que mi corazón se derrita,sin contar que cuando se enoja,es ruda,directa,mal humorada y hace que todo mi autocontrol se vaya a la mierda—ambos reimos— Aún así me tiene a sus pies y no puedo evitar pensar que ella es como una pequeña guerrera,mi pequeña que a pesar de que es humana,no se de donde saca tanta fuerza y la valentía para mandarme al carajo,no sé cómo a pesar de que soy una bestia,como ella lo dice, nunca se calla y cada vez que dice que el libre y cada vez que dice que no es mía,me jode hasta lo más profundo del ser,por que se que no puedo quitarle su libertad,por que se que ella no es fácil de dominar y podré sonar como un machista por querer tenerla solo para,pero muy en el fondo se que no puedo,ni debo atarla,no puedo enjaularla,por que no quiero que ella pierda su esencia y me aterra,lo confieso,me aterra que no pueda controlarme del todo y pueda lastimarla otra vez por lo que ella no me perdone y se vaya de mi lado para siempre.

—Nunca creí que dirías algo así,debí grabarlo—rie por lo que gruñó,jamás había dicho este tipo de cosas ¿¡Y me sale con ese comentario!?—Pero fue lindo—se acerca y palmea mi espalda—Y no puedo decirte que entiendo que estés enamorado,que tengas miedo a perderla y a experimentar todas esas emociones que ahora tienes gracias a ella,por que aún no he conociendo a mi mate ni me he enamorado nunca—ladeo una sonrisa mientras lo miro—Quiero que sepas que pase lo que pase,salga bien o no esto,la cagues o todo resulte de maravilla, aquí estaré para lo que necesites hermano,siempre cubriré tu espalda y contaras con mi apoyo.

—Gracias Matthew de verdad...—no terminó de hablar por que un desagradable olor se instala en ambiente,un maldito olor tan putrefacto que no cabe duda a quien pertenece digo aroma.

—Vampiros—susurra Matthew por lo que nos ponemos en alerta.

—No son muchos—digo y aparecen dos de esas cosas repugnantes a nuestro campo de vista.

—¡Pero miren a quien nos hemos encontrado!—la diversión en su voz se hace presente mientas nos mira con superioridad,escorias siempre se creen superiores—A nada más y nada menos que al futuro Alfa de los pulgosos y su cachorro—ambos ríen y ya se con quien voy a desquirme hoy.

—Asquerosos seres repugnantes¿Qué hacen en mi territorio?—pregunto y siento como mil colmillos empiezan a crecer,estaba a nada de transformarme en mi forma lobuna.

—¡Ay que miedo!¡Estas sacando sus colmillos!—se burla el más bajo y quién hasta ahora no había hablado—Miren como lloro—hace como si secara sus lágrimas y uso todo mi autocontrol para no atacarlos ya que necesitaba saber que hacían aquí y si José tenía algo que ver con ellos.

—Mira maldito—hablo entre dientes—No lo repetirse más ¿que mierda haces aquí?—hago una pausa u relamo mi labio inferior — Si no respondes harás que pierda la paciencia y no dudare en matarte,mira que no estoy de humor.

Veo como sonríe y sin decir nada se abalanza sobre mi,pero Matthew se transforma en lobo y lo ataca antes de que pueda tocarme y en un parpadeo ya el vampiro está sin vida por lo que su acompañante se ve en la obligación de atacarme y una vez que lo hace,una vez que lo tengo cerca,en un movimiento rápido lo tomo del cuello con fuerza y lo levanto del suelo.

—¡¿Que hacían aquí?!—grito mientras siento como sus uñas se clavan sobre mi piel e intenta que lo suelte,pero hago todo lo contrario y aprieto más mi agarre sobre su cuello.

—Traigo un recado de su pulgoso primo,José —habla como puede ya que mi agarre era fuerte por lo que lo suelto y este cae al suelo con brusquedad y antes de pueda ponerse de pie,piso con fuerza una de sus piernas haciendo que su hueso cruja,ups creo que se rompio—¡Maldito!

—¡Dime qué dijo José!—presiono mi pie sobre su pierna para que no escape.

—Alfa—habla burlón—Tengo cuidado con su luna—me ve divertido y frunciendo el ceño piso con la misma fuerza su otra pierna,haciendo que se rompa igual que la otra—¡Ah maldito pulgoso!

—¿Qué más dijo estúpido? —bramo molesto mientras me agachó a su altura y le tomo del cuello.

—Que cuide a Meghan y que la disfrute,porque pronto será él, quien la tenga entre sus sábana.

Y esas simples palabras hacen que vea todo rojo,por lo que tomo con fuerza el del vampiro y empiezo a ahorcarlo,este clava y rasguña mis brazos a tal punto de que rompe mi piel y empiezo a sangrar,duele claro que duele,pero eso no me detiene por lo que sigo apretando con fuerza su cuello hasta que voy sintiendo como su cuerpo se queda sin fuerza y no lucha más.

—¡Maldita sea!—gruño y cogiendo el cadáver,saco mis garras y lo termino destrozando—¡Bastardos asquerosos!

—Hermano ya—Matthew pone su mano sobre mi pecho y me detiene,mientras ahora estoy de pie y veo el toda la sangre que había,hice un puto desastre.

—Que asco—gruño y empiezo caminar de un lado a otro para calmarme un poco—¡Joder maldito imbécil!—pienso en mi primo mientras miro como mis heridas empiezan a sanar—Si le llega a poner una mano encima a Megha, juro que acabare con él con todos sin importarme quienes sean,me interesa una mierda todo y¿cómo se atreve a mandar a decir esa estupidez?ese bastardo acomplejado esta cavando su propia tumba el solo y no dejaré que esto pase por debajo de la mesa —frunzo el ceño y miro a mi beta—Si volvemos a tener este tipo de amenazas quiero que le informes a las dos manadas más grandes—ordeno y asiente —Quiero que las hagamos nuestros aliados,por que los necesitaremos ya que probablemente una guerra se avecine,José se alió con el rey de los vampiros y el es un líder bastante influyente entre sus súbditos,tiene demasiado respeto y para colmo ellos son demasiados,son como ratas los asqueroso esos.

—Entendido Alfa,tienes razón vamos a necesitarlas y no entiendo cómo pudo aliarse a ellos,como traiciona a su manada y familia—dice Matthew molesto—José es una mierda.

—Estoy de acuerdo contigo,pero ahora debemos pensar con serenidad —empiezo a caminar — Vayamos a la mansion y pongamos a los demás al tanto,necesito saber como esta Meghan.

De camino a la mansión hablábamos de la posible guerra que podía avecinarse,pero me asegure a mi mismo que está no llegaría ya que personalmente acabaría con ese maldito traidor, sabía que su alianza había sido muy astuta y que no la tendría fácil,los vampiros eran demasiados y mentiría si dijera que no eran buenos luchadores,por que si lo eran,pero era muy orgulloso y a pesar de que fue mi idea una posible alianza con dos de las manadas más grandes,no quería hacer uso de ellas y deseaba que solo nuestra manada se encargará de ellos,que yo me encargargara de estre enorme problema,por que mi padre antiguamente había tenido sus propias guerras,no tan grandes como está,pero pudo enfrentarlas solo y eso era algo que me hacía sentir inferior a él,no buscaba superarlo o ser su igual,pero mentiría si dijera que no quería tener reconocimiento,mentiría si dijera que no me sentía tan digno cuando él tuvo que batallar para ganarse su puesto,el respeto de su gente y su lealtad,yo quería eso,yo quería demostrar mi fuerza,mi valentia y el hecho de que era un hijo digno,quería ser alguien que no solo por haber nacido con la posibilidad de ser el alfa tuvo el puesto,no,yo quería ser alguien que luchó y peleo por el,que protegió y que no traicionó a los suyos para llegar poder obtenerlo y si,este era un pensamiento egoísta y cargado de puro orgullo.

Cuándo llegando a la manada mi lobo Dan empieza a ponerse inquieto y trato de ignorarlo pero este empieza a amenazar con salir por lo que,con algo de fastidio,abro nuestra conexión,nuestro link.

—¡Joder Dan!¿Qué tienes?.

—¡Ella no esta aqui!—empieza a desesperarse por lo que frunzo el ceño.

—¿Quién estupido?¿Quien no esta?—pregunto irritado,tenía tantas cosas en la cabeza como para que él también fuese un problema.

—¡¡Quedado!! ¡¡Nuestra luna no esta!!—grita molesto y yo cierro el Link.

¡Joder! Es verdad no puedo percibir su aroma y de inmediato empiezo a ponerme inquieto por lo que Matthew lo nota al igual que Lucas,Adam y Jeremy,estos nos recibieron una vez que llegamos a la mansión.

—Ethan ¿qué te pasa hermano?—pregunta Jeremy.

—¿Donde esta Megan? —es lo único que digo—¡¿Donde esta?!—grito y camino hacía uno de los guardias a los que les había ordenado cuidarla.

—Alfa—veo como palidece una vez que estoy enfrente de él —La Luna fue a caminar—informa y le tomo por el cuello de la camisa.

—¡Maldito estupido!—grito y mis ojos grises se tornan dorados,Dan ruge en mi interior molesto—La vida de tu luna puede estar en peligro por tu maldita culpa,estúpido —lo estampó con brusquedad contra los muros de piedras y por el impacto este escupe un poco de sangre —¿¡Donde esta!?

—En el bosque Alfa—susurra mientras miraba como se ponía de rodillas,estaba de pie frente a él —Lo siento fue mi culpa,no debí dejarla ir.

—Alfa—a su lado aparece otro de los guardias y frunzo el ceño—Fue nuestra culpa,por favor perdonenos la vida.

—Jeremy—los ignoro—Llevelos a los calabozos y dejamos ahí dos días,solo dos comidas y nada más,quiero que aprendan que sea quien sea que hable,si yo di una orden esta es la que se debe acatar.—mi voz sale autoritaria y veo como son escoltados—Adam te quiero junto con Matthew al sur de la manada y tu Lucas —ordeno —Luego avisenle a Jeremy que vaya al oeste,yo iré al norte.

—¿Iras solo Ethan?—pregunta Lucasm

—Si y ahora hagan lo que les he dicho.

Todos asiente y se marchan por lo que tomo mi forma lobuna y empiezo a correr lleno de preocupación hacía el bosque,Megan¿por qué me haces la vida más complicado?si supieras lo angustiado que estoy no serías tan odiosa conmigo pequeña,olfateo y percibo su olor,es un poco débil pero al menos tenía algo,me apresuro y con cada paso su olor se intensificaba por lo que Dan empieza a calmarse,hasta que la localizo y la veo acostada con sus ojos casi cerrandose,pero al darse cuanta de mi presencia se levanta y después de observarme por unos segundos,ella ladea una sonrisa y algo me dice que me reconoce,cuando doy un paso hacia ella su corazón late con fuerza y se alegra ¿Te alegra verme pequeña? Eso hace que me sorprenda y más por que esa sonrisa ladeada se transforma en una amplia y perfecta sonrisa la cual hace que mi corazón lata mucho más fuerte que el de ella,Meghan Smith¿Qué estas haciendo conmigo?...

Nota: sinceramente me cae mal José,su traición ya empieza a molestarme xd,ignoren lo que acabo de decir aaaah,así que voten y dejen sus comentarios,ya saben me gustaría leerlos

Recuerden está historia está siendo editada por lo que hay varias cositas que fueron corregidas y algunas se agregaron.

Si gustan pueden seguirme en instagram aparezco como zambrano_victoria

¡Nos vemos panditas! Y si me pregunta si me gustan los pandas,le diré que no,ya que yo amo a los pandas,así que ahora ¡todos somos panditas! Jajaja

Bye

# Capítulo 20.

M eghan.

Me paro del suelo y veo como mi lobo se acerca y hace que mi corazón lata con fuerza emocionado por verle y si,lo se ahora estoy soy muy bipolar pero estoy emocionada ya que es la primera vez que lo veo en su forma lobuna y él están lindo,tan grande y me provoca abrazarlo,es como un perrito grande y como en negro totalmente y se ve bastante cerio,me da ternura,por lo que tratare de no ser tan testaruda con él,porque aunque me cueste admitirlo una parte de mi no quiere alejarse de él,ese idiota se a metido hasta en mis huesos y odio que sea así, tengo miedo,todos tendemos a tenerlo cuando empezamos a experimentar cosas tan nuevas,si nuevas,nunca antes había pensaba en vivir algo con esto,algo tan confuso,algo que me arrastro a un mundo distinto al que conocía y que me enlazo Ethan,quién no termino siendo un chico normal si no un hombre lobo,por lo que decidí disfrutar esta nueva experiencia al máximo, porque no se cuando todo esto pueda llegar a terminarse y pueda que sea hoy o mañana,pero ahora, lo único que quiero y deseo es arriesgarme y permitirme sentir.

Doy un paso hacía atrás cuando él se toma si forma humano,dándome así una maravillosa vista de su cuerpo desnudos y muy bien trabajado,sin duda este tipo era todo un Dios griego, él era un Adonis y al ver su rostro,frunzo el ceño ya que este reflejaba preocupación,sus ojos se veían tristes por lo que da un paso hacia atrás y un extraño dolor se apodera de mi pecho junto con la impotencia y enojo¿Qué está pasandome?¿Por qué siento esto? Y cuando esta apunto de hablar, corro hacía él y sin pensarlo,estampo mis labios con los suyo y cierro los ojos,siento como su cuerpo se tensa ante mí atrevimiento tan irrepentino pero después de dudar empieza a corresponderme,posa sus manos sobre mi cadera y apega más mi cuerpo al suyo ,por lo que termino enredando mis brazos al rededor cuello y luego,mis manos curiosas,suben hasta su cabello y empiezo a dejar caricias sobre el, hundiendo así mis dedos en el,abro ligeramente los labios y le doy paso a su lengua quién no duda en aceptar tal invitación y empieza a tener una danza contra la mía y busca el control,muerde mi labio inferior y jala con sus dientes mi labio, jadeo y al hacerlo puedo sentir su dureza contra mi.

—Ethan—un pequeño gemido se escapa de mis labios cuando su intimidad empieza a rozarse contra la mía.

—Me haces perder la cordura—susurra y pega su frente a la mía,su pecho sube y baja con irregularidad al igual que el mío—Te deseo tanto.

—Igual,Ethan igual—digo y vuelve a unir nuestros labios.

El beso es salvaje,con necesidad,con deseo y con ganas de demostrarme que soy suya,es como si con ese beso me demostrar que ningún otro hombre podra hacerme sentir de esta manera,que ningún otro podrá hacer despertar en mi interior esta necesidad por querer mucho más, él me estaba volviendo adicta a tus besos, él también estaba haciendo que perdiera la cordura de mis emociones y me hacía querer más.

—Meghan para—un gruñido escapa de sus labios cuando muerdo su labio inferior—Si sigues así,no podre detenerme.

—¿Y si no quiero que lo hagas?—susurro sobre sus labios mientras me perdía en su mirada y buscaba recuperar mi respiración.

—Demonio Meghan—jadea cuando empiezo a dejar caricias sobre sus brazos y me apego más a su dureza—No te imaginas las cosas que quiero hacerte—su mano empieza a dejar pequeñas caricias sobre mi cuello sin dejar de mirarme—No quiero que te sientas obligada —se inclina y empieza a dejar besos sobre mi cuello haciendo que suspire y me aferre a sus hombros.

—No me estás obligado —mi piel se eriza cuando su lengua hace contacto contra la piel de mi cuello—De verdad quiero esto—afirmo pero vuelve a preguntarme si estaba o no segura, me pareció tierno que se preocupara pero también me cansaba un poco, por qué¿Cuantas veces tenía que decirle que esto era lo que quería?por lo que frunciendo el ceño y algo exasperada, respondo—Ya dije que si, que si estaba lista, que esto es lo que quiero¿Comprendes o debo dibujartelo?

—Eres única—ladea una sonrisa mientas toma un mechón de mi cabello y juega con el—Tengo tantas ganas de recorrer todo tu cuerpo con mis manos y boca—se inclina y besa mi mejilla—Besar y tocar cada parte de ti, conocer cada centímetro de tu piel—baja sus besos hasta mi oreja y empieza a susurrar—Quiero hacertelo en todas las posiciones posiciones—muerde el lóbulo de mí oreja y siento mis bragas mojarse aún más—Deseo invadir tu interior y llenarte de placer, hacerte jadear y gemir, quiero oírte pedirme más mientras te aferras a mi—vuelve a rozar nuestros labios —Quiero tomarte una y otra vez hasta que tus fuerzas abandonen tu cuerpo Meghan quiero que seas mía siempre, quiero follarte y hacerte el amor.

— También lo quiero.

—¿Cuanto?—pregunta mientras desabotona mis mi shorts y además su mano a mis bragas por lo que tiemblo un poco—Dime Meghan —su voz suena aún mas ronca—¿Cuanto lo quiere?—lame mi cuello—Quiero saberlos—empieza a frotar uno de sus deseos sobre mi y me estremezco ante sus caricias —Espero tu respuesta Meghan y no tengo todo el tiempo.

—Mucho joder,quiero que me folles sin importar donde—digo desesperada,al diablo la cordura.

—Buena niña—rie con malicia y jadeo cuando adentra uno dedo en mi

—Ah Ethan —muerdo mi labio inferior con fuerza para callar mis gemidos.

—Abre más la pierna—me ordena prácticamente—Quiero darte más placer —dice y lo hago,él mete otro dedo y oprimo otro gemido,mientras que el sigue aumentando su ritmo y besa mi cuallo—No te calles,quiero escuchar tus gemido de placer.

—Ethan más—pido—Por favor.

—Por favor ¿Que? Meghan—se detiene,maldito quiere que le ruegue,me rehusó —¿Que es lo que quieres?

—Que sigas, que no pares,que me folles con tus malditos dedos,pero coño ¡no te detengas,no lo hagas ahora!—levanto un poco la voz y que conste,no le roge,solo le dije lo que quería que me hiciera.

—Mi gatita esta revelandose—y cuando troto de replicar ante ese apodo,mete tres dedos de golpe en mi y me hace gritar.

—Ethan ¡Por Dios!—me aferró a sus brazos con fuerza,con miedo a caerme.

Sin importarnos que estamos en el bosque,en medio de la nada,el sigue penetrandome con sus dedos mientras besa y chupa mi cuello,Dios cualquiera que nos viera así dirian que somos unos descarados,pero ahora no me importa,me dije a mi misma que lo iba a disfrutar uno y dos es lo que haré sin importar nada,mi cuerpo se empieza a tensar debido a que se aproxima mi orgasmo, él al notarlo sonríe con arrogancia,frunzo el ceño pero decido no decirle nada ya que muy a mi pesar,se veía muy atractivo cuando sonreía así, Ethan vuelvo a besarme,se encarga de morder y succionar mi labios hasta que un sonoro gemido sale de mis labios al haber alcanzado mi clímax.

—Dios santo—pego mi frente a su hombro y trato de calmar mi respiración, él me sostiene con firmeza ya que mi cuerpo estaba un poco débil y siendo sincera si él no me estuviese sosteniendo,creo que ya me hubiese caído,sentía las piernas como gelatina y eso que solo había usado sus dedos¿Qué que sentirá cuando su miembro entre en mi? Ese pensamiento hace que me ponga nerviosa.

—Deliciosa—susurea y veo como chupa sus dedos,algo que era un tanto vergonzoso pero sexy al mismo tiempo  —Eres preciosa—me ve sonriente y besa mi frente—Te amo pequeña.

—Lo se—rio y trago en duro al oír esas palabras salir de sus labios,por lo que un poco incómoda la repito,no estaba acostumbrada a oírla y muy pocas veces la decía,pero cuando él las dijo sentí una enorme emoción que me hizo hacerlo—Yo también te amo.

—Tenemos un problema.

—¿Que paso?—pregunto alarmada pensando en que hice algo mal o que quizás nos vieron,espero y no haya sido la segunda nuestro problema,por que me muero.

—No hiciste nada malo princesa y nadie nos vio—responde como si hubiese leído mis pensamientos y suspiro aliviada —Bueno si fuiste mala.

—¿Con qué?

—Has despertado a mi amigo ahí abajo—susurra de una manera tan seductora que creo que no debía ser legal.

—Ethan eres un caso—rio y siento mis mejillas arder

—Princesa no tengo la culpa de que me la pongas tan dura—se encoje de hombros.

—Bueno me haré responsable y te ayudare—digo mientras acomodo mi ropa y me gano una mirada de sorpresa por su parte

—¿Qué has dicho?—me mira un poco¿Nervioso?—¿Estás jugando conmigo?

—Como has escuchado —hablo simple y atando bien mi cabello,ya que varios mechones de este habían salido,me pongo de rodillas frente a él —Es hora de darte placer.

—Meghan no es necesario tu—trata de detenerme pero no lo dejo hacerlo ya que paso mi lengua por la punta de su pene—Joder Meghan para—no le hago caso y empiezo a mojar mis labios.

—Señor Black, tiene usted un sabor bastante delicioso—coqueteo y trato de aguantar la risita que amenaza con salir de mis labios¿En serio dije eso?—Quisiera probar más de usted¿Puedo hacerlo?—vuelvo a lamerlo leve y empuña sus manos —Señor Black estoy esperando su respuesta—Ja ahora soy yo la que juega,la venganza es tan buena—¿Señor?

—¡Joder Meghan hágalo ya! Mamela y no me torture—gruñe y veo como sus músculo se tensan un poco ya que sigo jugando con él —Te lo ruego— y ese fue el boton que encendió todo.

—Ya sabe señor Black, no guarde sus gemidos—digo con malicia—Quiero escucharlo.

—¡Joder si! Pero hágalo ya—rio por su desesperación y meto su amigo a mi boca,este se tensa y yo sigo succionado su miembro con fuerza y cuando está por correrse,me dice que me detenga pero no lo hago,es más la idea de hacerlo llegar al clímax me incita a continuar,por lo que soltando una pequeña maldición termina por correrse en mi boca,saco su miembro y pequeñas gotas de semen caen por mi rostro por lo que las limpio con mi camisa,levanto la mirada y al hacerlo me encuentro con sus ojos fijos en mi,sonrió y él me regala una sonrisa ladeada,su pecho subía y bajaba con irregularidad—Eres unica—empiza a dejar hacías sobre mi mejilla y dejando besos por su cuerpo,llegó hasta su cuello y busco dejar una marca ahí —Con que la gatita me quiere marcar.

—Si lo hago,con tal eres solo mío —bromeo y terminó por dejar un pequeño chupetón sobre su piel.

—Lo soy—rie y besa mis labios castamente—Tu también eres mía —me abraza por lo que le devuelvo el gesto

—Si,claro—rio mientras escondía mi rostro en su cuello y sentía como dejaba caricias sobre mi espalda.

—Meghan quiero hacerte el amo—susurra y toma una pequeña distancia entre ambos y al ver su seriedad,se que habla enserio.

—Hazlo—lo invitó hacerlo y beso su mejilla.

—Pero no aquí, sino en nuestra casa,en nuestra habitación y futura casa de nuestros hijos,de nuestros cachorros —habla con la misma seriedad y debo decir que su comentario me parecio algo tierno y raro al mismo tiempo

—Entonces vamos,muero por hacerlo—bromeo

—Que descarada

—Tu me has hecho así—me encojo de hombros.

—¿Solo yo?—

—Si solo tu—viro los ojos ante su posesividad—Pero ahora vistete no puedes andar desnudo por ahí,qué vergüenza contigo— ambos reímos y el asiente.

Luego de que Ethan sacara de un árbol ropa,lo cual me pareció súper raro,se viste y nos vamos a la mansión, el camino a ella fue tranquilo y para nada incómodo y mientras íbamos con nuestras entrelazadas hablamos sobre cosa triviales con la intención de conocernos un poco mas.

—¿Por qué le dices así a tu madre?—pregunta ya que estábamos hablando sobre nuestros padres y cuando yo le dije,Sofía a mi madre,le extraño—O sea se que es tu madre,pero no deberías decirle así¿Mamá?

—Es complicado —digo mientras miraba nuestras manos—Es una historia un poco larga.

—Bueno yo tengo tiempo,si quieres puedes decirme.

—En otro momento—digo mientras entramos a la mansión y veo que no había nadie,dado a que todo estaba silencioso —¿En donde están los demás?

—Estan fuera—dice para luego guiarme hasta su habitación y una vez que estamos ahí,paso primero y luego siento como me abraza por detras—¿Estás segura de esto?

—Si—susurro para luego virarme hacía él.

—Entonces te haré mía preciosa—ladea una sonrisa para luego estampar sus labios contra los míos y ambos caemos en un beso lleno de deseo y pasión. Sin duda alguna hoy será una larga noche....

-Nota: Gracias por todo,no olviden votar y dejar algún comentario,recuerden la historia se está editando y a pesar de que no les garantizo una exacta corrección,haré todo lo posible por que sea buena.

Si gustan pueden seguirme en instagram aparezco como zambrano_victoria

Nos vemos amores

# Capítulo 21.

M eghan.

Cierro los ojos al sentir como Ethan deja caricias sobre mis mejilla mientras nos besamos con tanta intensidad que me hace pensar que sea imposible detenernos,pero la falta de aire hace que sus labios abandonen los míos,sonrió cuando su vista se posa en mi y veo como sus ojos tienen ese brillo cargado de excitación que hace que mi piel se erice,beso su mejilla y luego paso mis manos sobre sus hombro y pecho, él se tensa pero no dice nada y solo se limita a verme con atención,me inclino hacia él y beso nuevamente sus labios,muerdo leve su labio inferior y paso mi lengua sobre el, Ethan gruñe bajo mientras sus manos se aferran a mi cintura.

—Tu ropa estorba,quitala—me ordena por lo que arqueo una ceja haciendo que ría y musite un por favor por lo que empiezo a desabotonar los botones de su camisa y luego le quito esta—Mi turno pequeña.

Vuelve a besarme y me sube a él,por lo que de inmediato enredo mis piernas en su cintura y empieza a caminar hasta la cama,mientras que me besa desenfrenadamente y yo me dejo llevar por el placer,con cuidado me baja y sin dejar de besarme mis piernas chocan contra la cama.

—Devistete para mi Meghan —pide mientras toma una distancia entre los dos por lo que empiezo a quitar mis zapatos rápido,tomo el borde de mi blusa y lo empiezo a subir de manera lenta,por lo que maldice bajo una vez que quedó solo en sujetador y suelto mi cabello —Tambien tus shorts—susurra mientras su mirada recorre mi cuerpo con lujuria,hago lo que me pide,pero como soy mala de doy la espalda,desabotono mis shorts y lo voy bajando poco a poco,mientras que de una forma descarada me inclino un poco hacía atrás haciendo que mis nalgas rocen su miembro por encima de sus pantalones—Meghan —gruñe y termino de quitarme los shorts,por lo que me viró nuevamente hacía él y quedó en ropa interior.

—¿Complacido?—pregunto de manera juguetona.

—No, aún no—ladea una sonrisa y niega para luego tumbarme sobre la cama.

Sube a la cama,pero no deja caer todo su cuerpo sobre el mío por lo que abro un poco las piernas y él se posiciona en medio de ellas,sus manos empiezan a dejar caricias sobre mis muslos,mi piel se eriza cuando se inclina y besa la parte de mi muslos hasta llegar a mi intimidad,su vida choca contra la mía y trago en duro al ver cómo sonríe para dejar otro beso en mi feminidad,gimo leve cuando sube sus besos desde mi zona íntima y muerde la piel de mi abdomen y cintura,me remuevo un poco cuando sus labios rozan mis senos por encima de la ropa interior y jadeo cuando su miembro empieza a rozarse contra mí,cosa que hizo que los bragas se humedecieron aún más,trago en duro cuando sus dientes muerden uno de mis senos por encima de la ropa interior,una de sus manos sube e intenta quitar el sujetador pero dado a que estaba tan excitado,lo sabia por que cuando se movía sobre mi podía sentir su enorme dureza,le cuesta un poco quitarlo por lo que cuando le iba a decir que lo ayudaría a quitarlo,este en un acto de desespero lo termina rompiendo.

—¡Oye!-abro los ojos sorprendida y por inercia me cubro—Era mi sujetador.

—No importa,luego te compro todos los que quieras—sonrie coqueto y con cuidado quita la mano con la que me cubría —Nunca vuelvas a cubrirte ante mi—su mirada jamás abandona la mía—Eres hermosa y perfecta para mi, te amo y no tienes que tener vergüenza o cohibirte, eres mía y nadie podrá verte solo yo—se inclina y besa levemente mis labios—No prives a mis ojos de tan maravillosa vista.

—Ethan ¿Qué has hecho con la bestia?—pregunto haciendolo reír

—Sigue aquí—señala su pecho mientras rie—Pero ahora duerme—pega su frente a la mía y sonrió mientras enredo mis brazos al rededor de su cuello—Tu la haz hecho dormir.

—¿Y eso es bueno?—pregunto mientras acaricio su cabello y asiente.

—Por ahora —me guiña un ojo y vuelve a besarme.

Mientras me besa bajo mis manos y empiezo a recorrer sus hombros y brazos,dejo caricias sobre ellos para luego volver a subirlas y dejarlas sobre su cabello,el cual tiro una vez que una de sus manos se cuela al interior de mi ropa interior.

—Ethan—gimo al sentir como frota sus dedos en mi interior—Despacio—pido cuando sus labios bajan hasta mis senos y empieza a succionar uno de ellos con algo de fuerza,mientras que con su mano libre toma uno y empezar a pellizcar mi pezón—Por Dios—me estremezco ante las sensaciones tan placenteras.

—Me encantan tus senos —pasa su lengua por el medio de ellos y los toma con ambas manos,abandonando así mi intimidad por lo que me quejo—Tranquila princesa—rie mientras toma sus senos con amabas menos—Son tan redondos—los aprieta y gimo cuando frota sus dedos conta la punta de estos—Tan malditamente suaves—besa mi barbilla y sube a mis labios—Y lo mejor de todo es que son míos—-sube y baja sus cejas y río mientras niego divertida.

-—Que yo sepa son míos-—digo obvia mientras besaba sus labios.

—Bueno son tuyos,pero solo yo puedo tocarlos.

—¿Y yo que? —pregunto divertida y lo veo virar sus ojos.

—-¿Te tocas los senos?—-pregunta extrañado pero una sonrisa perversa lo delata.

-—Que descarado—-rio y el deja de tocarme para luego dejar sobre mis pechos dos besos

-—Tu empezaste.

—-Idiota—-le doy un pequeño golpe en el hombro y sonríe para luego unir sus labios con los míos hasta bajar a mi cuello,en donde muerde y succiona mi piel,haciendo que me aferre a sus hombros cuando lo hace con algo de fuerza.

-—Ahí estará mi marca-—susurra contra mi piel.

Se separa de mi y se levanta de la cama,por lo que me apoyo de los codos sobre esta y veo atenta cada uno de sus movimientos,me regala una sonrisa maliciosa y empieza a quitar sus zapatos y medias hasta deshacerse de su pantalón,muerdo mi labio inferior cuando se despoja de ellos y queda en unos boxers blancos que hacían que su erección resaltará aún más,trago en duro cuando vuelve a subirse a la cama y volve a posicionar en medio de mis piernas.

—-Sube un poco la caderas,quitare tus bragas—-dice mientras sus manos están sobre la liga de mi ropa interior y subiendo mis caderas él se dispone a bajar las bragas hasta dejarme totalmente expuesta ante él y sin decir algo se inclina hasta mi entrepiernas por lo que le pongo nerviosa ¿Qué pensará hacer?—-Estas muy excitada,puedo olerlo-—besa mi intimidad y gimo bajo cuando su lengua hace contacto contra mí piel—-Estas lista para mi,pero deseo saborearte—-dice con malicia mientras sus ojos conectan con los míos-Lo vas a disfrutar Meghan, te va a gustar.

Y sin más hunde su rostro en mi intimidad y empieza a succionarla,gimo por la sensación y aprieto las sábanas de la cama,trato de moverme ya que se me es imposible quedarme quieta,pero deja una de sus manos sobre mi abdomen y hace un poco de presión contra la cama y lo impide,por lo que sigue haciendo su trabajo ahí abajo y debo decirles que su boca es majestuosa sin duda sabe lo que está haciendo por que empieza a meter un dedo en mi interior y empieza a deslizarlos un poco rápido,jadeo y pierdo el control de ellos cuando veo como separa mis labios vaginales y sigue lamiendo y succionando con algo de fuerza mi intimidad,jala y muerde un poco mi clitoris por lo que me remuevo un poco más,por lo que baja su mano de mi abdomen hasta mi cintura y me toma firme de ella.

—-Quieta o tendré que castigarte por ser una mala gatita—-practicamente me amenaza y cuándo voy a quejarme,noto que sus ojos están dorado,esta completamente excitado y se que solo se contiene por que quiere darme placer-—¿Entiendes?

Yo asiento y una imagen mía siendo azotada por él pasa por mi mente, y frunzo el ceño¿Enserio pensé en algo como eso?¿Qué onda con ese descaro? Pero pensar en eso hizo que, si aún es posible,mi intimidad se humedeciera aún más y me excitara increíblemente¿Ahora salí más masoquista? Dios¿Qué hace este sujeto conmigo? Él parece notar que sus palabras hicieron mucho efecto en mi por lo que ladrando una sonrisa y regalándome esa mirada coqueta,azota uno de mis muslos y debo decir que me gustó,por lo que le sonrió con complicidad ya que me había gustado, él sigue con lo suyo hasta que adentra un segundo dedo en mi interior por lo que me aferro con más fuerzas a las sábanas.

-—Meghan correte para mi-pide y su voz sale ronca-—Vamos princesa, vente en mi que quiero probarte.

-—Que sucio—-jadeo y mueve más rápido sus dedos en mi por lo que me quejo leve al sentir tanto placer y dolor-—Ethan yo voy a correrme-gimo -—Detente—-pido y niega, él hombre si que estaba decidido a que me corriera en su cara,por lo que sin poder aguantarme más, termino haciéndolo.

-—Exquisita —-sonrie mientras reclamé su labio inferior y chupa sus dedos.

-—Eso no debería ser legal-—me quejo al ver lo sexy que se vio haciendo eso.

-—¿Qué?-—pregunta mientras se levanta y quita sus boxers haciendo que abra los ojos al ver su miembro.

-—Todo eso-—señalo su cuerpo y ríe mientras se acerca y nuevamente se posiciona encima de mi,por lo que de un movimiento un poco rápido,quedo encima suyo-—Es mi turno—-sonrio mientras beso sus labios -—De llevar las riendas de la situación.

-—Bien gatita,sorprendeme —-rie divertido mientras pone sus brazos detrás de su cabeza.

Ladeó una sonrisa y empiezo a repartir besos por su cuello,mientras que con mis manos toco su abdomen,paso mi lengua cerca del lóbulo de su oreja y la muerdo,este suelta un gruñido,llego a su barbilla y la muerdo ligeramente por lo que sus manos se posan sobre mi cintura y las aprieta levemente cuando mis manos bajan por su V hasta llegar a su miembro el cual tomo y empiezo a mover mi mano de arriba hacia abajo de manera lenta,jadea mientras sigo moviendo mis manos sobre el y dejo varios besos por su cuerpo,obvio estos iban acompañados con una que otra lamida y mordida con la intención de dejar pequeñas marcas sobre su piel,hasta que llegó hasta su miembro.

-—Vaya señor Black su amigo esta muy contento—-empiezo a jugar con su miembro que estaba bastante erecto y no puedo evitar pensar en que si el podrá entrar en mi,ya que era más grande de lo que pense.-— ¿Que quiere que haga?-—pregunto con una falsa inocencia.

-—Meghan -—se queja cuando aprieto un poco su miembro y veo como su respiración es irregular -—No me torture .

-—¿Qué es lo que quiere?-—insisto mientras lo acariciaba lentamente —-Diga,no le escucho.

-—Ah maldición-—gruñe cuando vuelvo a apretarlo -—¡Joder quiero follarte la boca!-—dice con cierto enojo y casi quiero reírme por lo sensible que era—-Meghan deja de jugar conmigo por favor hágalo,se lo pido—-suplica y no puedo evitar reir llena de satisfacción y lo se soy mala.

Tomo mi cabello y lo dejo aún lado para que no le molestara e inclinándome más hacía su miembro,lo voy metiendo a mi boca lentamente,veo como cierra sus ojos y apoya sus codos sobre la cama,por lo que terminó de envolverlo con mi boca y empiezo a succionarlo con lentitud,jadea y extiende una de sus manos y toma mi cabello,y sin ser brusco, me ayuda a guíar los movimientos,él jadea y maldice cuando succionó con un poco más de fuerza y rapidez su intimidad,le escucho decir que se siente tan caliente como el puto infierno,que soy su gatita y que soy jodidamente buena y casi quiero reírme por todo lo que a dicho,levanto la mirada y siento un nudo en mi vientre al ver lo sexy que lucía Ethan,sus mejillas estaban levemente sonrojadas,mientras que por su cuerpo caían pequeñas gotas de su sudor,sus ojos seguían dorados y cada vez el color de ellos era más intenso,su mirada me hipnotizaba por completo, él me regala u a sonrisa ladeada y sentándose prácticamente sobre la cama,acaricia mi mejilla y tira un poco fuerte de mi cabello por lo que luego me mira malicioso,frunzo el ceño cuando lo hace y de manera odiosa,muerdo un poco su longitud y maldice ante el pequeño dolor, él también frunce el ceño por lo que le guiño un ojo y siento como se tensa,al parecer ese gesto le gustó por que dice que está por correrse y segundo después llega a su clímax haciendo que me tomé un poco de su loquito y lo demás lo derrama un poco sobre mi cuerpo y la cama.

-—Meghan te voy hacer el amor,ya no aguanto más—-dice mientras se recupera y me toma de la cintura,para luego hacerme quedar tendida sobre la cama con él encima de mi—-Así que¿De verdad estás segura?—-pregunta y asiento—-Bien,si duele no dudes en decirlo —-asiento y una vez que se pon un condón toma su miembro y lo guía hasta mi interior,deslizándose así con lentitud en mi.

—-Ethan-—gimo al sentir lo grande que era-—Despacio -—pido y mi cuerpo se tensa.

-—¡Joder!-—gruñe mientras se adentra con lentitud —-Estas muy estrecha —-jadea mientras sus ojos brillan cargados de excitación-—Pero me encanta,eres perfecta—-me da una sonrisa que hace que me relaje y besa mi frente,por lo que al acercarse a besarme,hace que se adentren de golpe y me quejo.

—-¡Dolió!—-me quejo y se disculpa inmueble de veces.

-—Lo siento -me besa casto-—Voy a detenerme para que te acostumbre princesa —-dice y asiento,por lo que empieza a repartir besos y caricias por todo mi rostros y cuerpo,hasta que el dolor y la molestia se van y son sustituidos por el deseo y la excitación.

-—Ethan—-susurro su nombre mientras acaricio su mejilla-—Ya puedes continuar.

-—Como quieras princesa -—ladea una sonrisa para luego besarme y empezar a darme estocadas lentas y profundas.

-—Más rápido —-pido entre gemidos.

Y lo hace, él empieza a acelera sus embestidas,pero no todas son iguales,estas varían ya que algunas eran profundas y lentas,luego aumentaba la velocidad y sus embestidas se volvían bruscas o se quedaba a la mitad para luego terminar sacando su miembro y después se adentraba en mi con rapidez,sin duda alguna era muy bueno en la cama y se notaba que tenía experiencia,en la habitación solo se escuchan nuestros gemido y el chocar de nuestros cuerpos entre si, la sensación era exquisita y placentera,que hasta pienso que no me aburrire de esto. Sus besos y caricias me llenaban también mientas que de sus labios y de los míos salían jadeos y gemidos ,maldiciones e incluso palabras incoherentes salían de nuestros labios ya que ambos estábamos demasiado excitados y cegados por tanto deseo.

-—Ethan-—clavo mis uñas en su espalda,ya mi orgasmo se avecinaba.

—-Vamos Meghan correte conmigo-—pide aumentando más su embestidas,por lo que gimo sobre su labios.

-—No pares—-mi vista empieza a nublarse de tanto placer que sentia—-No te detengas por favor -—pido y él pega su frente a la mía-—Ethan—-gimo su nombre cuando llegó a mi tan esperado clímax sintiendo los pequeños espasmos de este.

-—Meghan-—de sus labios sale un ronco y sexy gruñido cuando también se corre y se desploma encima de mi,aún con nuestras respiraciones agitadas él sale despacio de mi interior y se dirige al baño,donde bota el condón y luego viene y se acuesta en la cama, él me mira y me toma de la cintura para acercarme-—Ven pequeña —-sonrie y besa mi frente cuando me acuesto sobre su pecho y lo abrazo por lo que empieza a dejar caricias sobre mi cabello -—¿Estas bien? -—pregunta rompiendo el silencio-—¿Te he hecho daño?-subo la mirada y noto que luce preocupado -—No quiero hacerte daño otra vez.

—-Para nada-—dejo un casto beso en sus labios—-Estoy bien,no me hiciste daño.

-—¿Te gustó?

—-Si-—sonrio—-Fue maravilloso-—admito y veo como sonríe.

-—Me alegra que te haya gustado-—besa mi nariz-—Debo confesar que estaba nervioso y eso nunca me había pasado -—confiesa y rio

-—¿Enserio?-—pregunto y asiente.

-—No miento cuando digo que ya no quiero hacerte más daño—-vuelve a besarme -—Quiero hacer las cosas bien,aún que se que la cagare un poco-ambos reímos -—Pero lo evitaré lo mejor que pueda¿Bien?

-—Si—-hago una pausa -—Y gracias Ethan, sin duda a sido la mejor noche de mi vida—me acomodo mejor sobre su pecho y subiendo una piernas,la dejo sobre su cintura.

—-Descansa pequeña-—besa mi cabeza-—Luces muy cansada,creo que te deje sin fuerzas -—bromea y en parte tenía razón.

-—Si y mucho diría yo-—rio—-Y hablando enserio,no se cómo podré caminar mañana -—le miro aparentando estar molesta.

-—Mucho mejor-—ladea una sonrisa-—Hay que verle el lado positivo-—me besa-—Como no podrás caminar te quedarás todo el día desnuda sobre la cama y tendre una excelente vista de tu cuerpo y si recuperas rápido tus fuerzas,puede que vuelva a perderme en ti-—me guiña un ojo y niego divertida.

-—Eres un descarado pervertido-—le doy un golpe en el pecho -—Deja de reirte o me voy-—lo amenazo al ver como ríe con ganas.

-—Bien,bien-—su risa cesa-—Ahora duerme necesitas recuperar fuerzas.

-—Yo soy fuerte.

-—Lo se y me lo has demostrado,pero sabes que lo necesitas—me ve un poco serio,por lo que ladeó una sonrisa,se veía lindo cuando se ponía de ese modo además me daban ganas de querer molestarlo más,lo se,que raro de mi parte.

—-Vale-—asiento y beso su mejilla-—Buenas noches-—me acomodo y cierro mis ojos—-Te amo Ethan.

—-Yo también te amo pequeña...

Nota: Quiero volver a resaltar,que ellos son mates,o sea que sus sentimientos son demasiado fuertes y que se digan "te amo" es algo que de verdad sienten,lo resalto por que todo el mundo anda "es muy rápido para decirle te amo" pero entiendan que la relación de ellos no es normal,para ellos no aplica tanto eso de "es pronto para decir te amo" son almas gemelas,su conexión es fuerte y va más haya de todo¿Vale? Bueno aclarado esto,espero y les haya gustado no olviden votar y dejar su comentario.

La historia esta siendo corregida y hay cosas que se cambiaron y se fueron agregando,no lo olviden.

Si gustan pueden seguirme en instagram aparezco como zambrano_victoria.

Adiós amores

# Capítulo 22.

M eghan.

Siento como algo roza mis labios por lo que me muevo un poco,pero no logro tener mucha comodidad ya que sentía como si estuviese atrapada,era como si algo o alguien estuviese encima de mí,frunzo el ceño y sin abrir los ojos,y con algo de pereza vuelvo a moverme con la esperanza de que ese peso se quitará de encima mio,tenía demasiado sueño y deseaba seguir durmiendo ya que aún seguía cansada por la noche anterior y al recordar lo que había ocurrido ayer,abro los ojos y me doy cuenta que el peso que estaba encima de mi y que la persona o cosa que me tenía prácticamente aprisionada era Ethan,quien se encontraba totalmente desnudo en cima de mi,por lo que me sonrojo ante la vista de su escultural cuerpo¡Es que es un pecado verlo así!

-—Princesa-—levanta la mirada y con su voz algo ronca me saluda haciendo que mi piel se erice-—Ayer no terminamos la unión-—susurra y me planta un casto beso en los labios.

-—¿Cómo así?-—le miro algo extrañada mientras apoyo mis codos sobre la cama haciendo que él se separe.

-—Digamos que ayer estaba muy emocionado y algo desesperado que se me olvidó marcarte —-veo como sus mejillas se sonrojan y no puedo evitar reírme.

-—¿De verdad lo olvidaste?-—le miro divertida -—¡Vamos Ethan! Eso es algo que debiste aprendertelo de memoria—-busco molestarlo y lo consigo ya que se pone serio,pero aún así no puede ocultar el sonrojo de sus mejillas,era la primera vez que lo veía tan avergonzado y debo decirles que me parecía gracioso y algo adorable.

-—No te rías Megha-—se queja-—Esto es demasiado vergonzoso para mí.

—-¡Vaya! El gran y futura Alfa de Luna Oscura Ethan Black,olvido que tenía que marcar a su compañera-—sigo molestándolo a tal punto que me regala una mala mirada—-Ya tengo una muy buena historia para contarles a nuestros hijos-—digo de repente y veo como sus ojos se iluminan por lo que abro mis ojos impresionada y analizó lo que hace unos segundos dije y¡Mierda!¿Por qué se me salió ese comentario?

-—Así que ¿tendremos cachorros? -—ladea una sonrisa mientras vuelve a posicionarse encima de mi.

-—Todos lo que quieras-—le sigo el juego mientras enredo mis brazos al rededor de su cuello,estoy jugando con fuego y se que terminaré quemandome,pero será divertido.

-—Creo que antes de tenerlos debemos practicar primero -—relame sus labios y de un tirón quita la sábana que cubría algunas partes de mi cuerpos,el cual quedada totalmente al descubierto.

-—Ethan—-cierro los ojos cuando sus labios empiezan a dejar besos húmedos por mi cuello.

Ethan

Al escucharla decir esas palabras mi corazón da un vuelco,mi lobo saltó de alegría ya que nuestra luna quería tener cachorros con nosotros y no miento cuando digo que eso me llenaba de felicidad,apesar de que aún sentía cierta vergüenza por lo ocurrido con la marca, Dan y yo estamos muy avergonzados jamás creímos que algo tan importante se nos pudiese olvidar, nos hacía sentir estupidos y como unos niños,ya que la marca en un mate para un hombre lobo, más que todo un Alfa,es fundamental y me sentí todo un novato por haberla olvidado,pero trataría de enmendar mi pequeño desliz más adelante.

Me acerco más a ella cuando quito las sábanas que cubrían su cuerpo y empiezo a dejar besos por su piel acompañado de lamidas y pequeñas mordidas,siento como se estremece debajo de mi sus manos se aferran a mi cabello y gime leve por mis caricias sobre sus muslos,ella flexiona las piernas,apoya sus pies sobre la cama,y las abre un poco por lo que me posicionó mejor en medio de ellas,me separo y quedó de rodillas sobre la cama para disponer me a contemplarla y debo decir que jamás me cansaré de decir lo perfecta que es ella para mí y lo divino que me parecía su cuerpo,su cintura era delgada y me provocaban querer tomarla por ella siempre,sus piernas eran largas y le daban un toque bastante esbelto que me encantaba,sus muslos eran carnosos y se notaba que los ejercitaba,sus glúteos era redondos y firmes y causaban en mi unas enormes ganas de querer morderlos y azotarlos,su abdomen era plano y sus caderas no eran tan anchas pero se amoldeaba perfectamente a su cuerpo y bajo mis conocimientos en mujeres,se que ella tenía lo que se consideraba un cuerpo reloj de arena por lo cual la distribución de sus atributos era pareja y no me quejo de los demás estereotipos ya que considero que todas las mujeres son hermosas tal como son,las mujeres en si son perfectas y no somos nadie para juzgarlas,pero el de ella me encantaba hasta morir y debo decir que lo que más me gusta,de su cuerpo en este caso,eran sus senos los cuales se acoplaban perfectamente a la palma de mis manos,es como si estuviesen sido hechos para que mis manos las pudieran acunar sin problemas,muerdo mi labio inferior al bajar la mirada hasta mi erección la cual era más notoria dado al recorrido que hice con la mirada a mi pequeña,por lo que excitado guío mi miembro a su intimidad y entro en ella sin previo aviso,frunce el ceño al sentirme y se aferra a las sábanas,se queja y maldice bajo,no puedo evitar sonreír al verla sonrojada y algo enojada por mi invasión,pero aún así me detengo para que se adapte y mientas lo hace empiezo a besar su cintura,la muerdo y su cuerpo se sacude ya que lo hice con fuerza,levanto la mirada y veo como sus pupilas estaban dilatadas y su pecho subía y bajaba con irregularidad,sin poder contenerme le doy un azote en sus muslos y veo como cierra sus ojos y jadea,su interior empieza a humedecerse aún más¿Con que te gustó pequeña traviesa? Muerdo mi labio inferior y dejo lamida sobre su piel hasta llegar a sus pechos,relamo mi labio y bajo su antera mirada lamo la punta de uno de sus senos para luego morderlo levemente,siento como vibra debajo de mi y con mi otra mano le doy atención a su otro seno,le pellizco las puntas y juego con ellos hasta que los dejo erectos y algo rojos por mí tacto,la escucho suspirar y jadear una vez escondo mi cara en su cuello y empiezo a mover mis caderas contra ella,mientras que mis manos estaban aferradas a sus muslos y dejaba caricias sobre ellos,apesar de la excitación decido contenerme por lo que empujó mis caderas con lentitud contra las suyas,sus manos se aferran a mis brazos y grupo al sentir como rasguña mi piel,sus piernas cogen vida propia y se enredan a mi cintura,ella hace presión y me atrae con fuerza hacia ella,abro los ojos y gruñó cuando me deslizó con fuerza en su interior y maldición que delicioso se sintieron sus paredes oprimiendome,muerdo mi labio inferior con fuerza y aprieto mis manos sobre su piel cuando ella levanta sus caderas en busca de más.

—Joder Ethan—-la escucho gruñir y viró mi rostro hacia ella—-Más rápido coño—-me exige -—Quiero más.

—Meghan-—gimo una vez que mueve sus caderas con brusquedad hacía mi-—No digas groserias.

-—Ya te dije-—su voz sale igual de exigente y río mientras acariciaba su mejilla—-¿Acaso quieres que busque a otro para que haga mejor su trabajo?—-provoca y hace que un fuego se instale en mi pecho,uno que se extiende por todo mi cuerpo y me hace arder de enojo.

—-Jamás-—la molestia en mi voz es inevitable—-Tu eres mía —-frunzo el ceño y con algo de enojo tomo su cuello con firmeza para luego inclinarme a él y morderlo,clavando así mis colmillos en el.

-—¡Ethan!-—un jadeo escapa de sus labios—-¡Dios duele!—-se queja mientras sus uñas se clavan en la piel de mis brazos.

-—Mia,Mía,Mía —-susurro sobre su piel y lamo las pequeñas gotas de sangre que salían de la herida-—Y solo mía—-mis ojos se posan sobre los suyos-—Nadie va a tocarte.

Y sin esperar que proteste o diga algo empiezo a moverme con rapidez contra ella por lo que pongo mis manos sobre su cintura y me aferro a ella,mientas que Meghan se aferra a mi espalda y clava sus uñas en ella,suelto un gruñido cuando me rasguña pero aún así sigo con mis estocadas,que aumentan y disminuyen pero que buscan el mayor placer para ambos,en la habitación solo se escuchan nuestros gemidos y jadeos,nuestras respiraciones agitadas,de nuestros corazones que laten a mil,pero sobre todo el sonido que resaltaba en la habitación era el chocar brusco de nuestros cuerpos y cada vez que la embestía con fuerza,rapidez o lentitud veía como nuestros cuerpos se acoplaban de maravilla,por lo que Dan y yo nos repetimos una y otra vez,que ella es nuestra,que ella fue hecha para nosotros que ella nació para mi y que yo nací para ella y que por eso jamás dejaríamos que algo le pudiese pasar,mis labios abandonan su cuello y subo hasta su boca la cual devoró sin pudor alguno,pues muerdo y succionó sus labios con desespero y frenesí,estaba deseoso de ellos y de todo su ser.

-—Ya casi-—su voz sale lastimera y veo como sus ojos se cristalizan,estaba muy cerca de su clímax—-Ethan por favor.

-—Espera un poco más -—muerdo su labio inferior y lamo este-—Quiero correrme contigo—-pego mi frente a la tuya.

—-Bien-—muerde su labio inferior con fuerza y me toma de la nuca con firmeza —-Vamos,córrete conmigo.

Asiento mientras vuelvo a besar sus labios y callo cada uno de sus gemidos, doy estocadas un poco fuertes y más profundas en su interior para buscar alcanzarla en su clímax,por lo que sin poder aguantarlo más ella se corre y la siento debajo de mi temblar por los espasmos de su orgasmos,yo hago lo mismo y me corro en su interior,llenando la así por completo de mi,me desplomado sobre su cuerpo y escucho su corazón latir a mil, mientras que siento como empieza a calmar su respiración,ella sube una de sus manos hasta mi cabello y deja caricias sobre este,mientras que la otra se dispone a acariciar mi espalda por lo que cierro mis ojos y disfruto de su tacto hasta que mi respiración vuelve a la normalidad,así que me levanto y empiezo a salir con lentitud de ella para no lastimarlo,la veo fruncir levemente el ceño y cuando salgo de su interior,se queja y me alarmo¿La lastime? Fue lo primero que pense mientras la miraba.

-—Meghan princesa¿estas bien? -—pregunto mientras me posicionaba de nuevo sobre ella,apoyando así mi mano sobre la cama y evitaba dejar caer todo mi peso sobre el suyo—-¿Te hice daño?Yo lo siento,juro que no quería ser brusco.

-—Ethan no seas tontito—-sonrie y acuna mi cara con sus manos-—No me has lastimado,es más me gusto mucho-—me da un casto beso en los labios-—Así que no te preocupes.

-—Te amo—-ladeo una sonrisa y beso su frente-—No se que he hecho para merecerte-—hablo con sinceridad y me acuesto a su lado.

-—Te amo y la que debería decir eso,soy yo-se acuesta sobre mi pecho-—Eres perfecto—-dice y por su tono se que hay algo de burla en sus palabras.

-—No lo soy-—digo sin más y la veo sonreir,sabía que se burlaba,es una pequeña demonio con cara de angel.

-—Bueno tienes razón -—nos arropa y la abrazo para luego dejar caricias sobre su espalda—-Pero las cosas imperfectas con el tiempo aveces se vuelven perfectas-—dice y río por su ocurrencia.

-—Eso ni sentido tuvo—-me burlo y ella empieza a reírse mientras asiente y admite que no había mucho sentido en sus palabras —-Siempre me haces reír

—-Y también te hago cabrear—-levanta la vista hacía mi y parpadea varias veces,buscando verse inocente.

-—Tienes razón-—viro los ojos—-También me haces ser celoso...-—me interrumpe.

-—Y posesivo-—ahora es ella quien vira sus hermosos ojos —-Pero no eres el único yo también me pongo así —-se inclina un poco más hacía mi-—Porque eres mío -—besa mi mejilla y esconde su cara en mi cuello-—Te quiero Ethan-—susurra y vuelve a besar mi mejilla,cosa que me hace sonreír—-Pero ahora tengo sueño-—sube una pierna sobre mi abdomen,cosa que por una extraña razón ahora me gustaba,ya que siento sincero odiaba que subieran sus piernas sobre mi o que se sentaran en mi regazo,pero con ella no sentía esa molestia,es más me encantaba que lo hiciera—-Me dejas muy cansada chico -—rie por su propio comentario y la imitó,es que esta mujer hacía que cada una de sus ocurrencias me cautivarán,por lo que vuelvo y repito¿Qué está haciendo conmigo?

—-Lo se,lo se pequeña-—le sigo el juego -—Es que soy extremadamente caliente e irresistible.

-—Que ego el tuyo ¿no?-—muerde mi cuello leve y trago en duro -Recuerdame no alimentarlo.

-—Esta bien,te lo recordaré todo los días-—bromeo y la hago reir y debo decir que momentos como este empezaban a gustarme,ojalá fuesen eternos-—Pero duermete ya que si sigues así, se me olvidara que estas cansada y te haré mía -—la miro con picardía-—Mira que tus provocaciones están empezando a surgir efectos en mi.

-—Vale lobito calenturiento-—se apega más a mi y me abraza con algo de fuerza—-Buenas noches -—me besa casto.

-—Duerme mi pequeña guerrera-—beso su frente mientas que ella sigue con su rostro escondido en mi cuello,por lo que sigo con mis caricias sobre su espalda y espero a que se duerma.

Unos minutos después su respiración empieza a ser más pausada y se que se a quedado dormida,por lo que me aferro a ella y cierro mis ojos,buscando así quedarme dormido junto a ella.

-—Es perfecta—-habla Dan en medio de nuestro enlace.

-—Si y la amo mucho.

-—La amamos -—dice y sonrió-—Hay que cuidarla ella debe estar por encima de todos -—empieza a molestarse por lo que mi corazón late con fuerza y mi respiración empieza a ser irregular-—Sobre todo del maldito de José

-—Si-—afirmo-—Ese maldito esta traicionando a la familia y no lo tolerare,por lo que no dudare en asesinarle y más porque ahora quiere a Meghan.

-—Me fastidia que la acapares solo para ti-—se queja por lo que rio.

-—Lo siento se me olvida que existes-—bromeo

-—Duermete cretino-—rie-—Y cuidala

-—Siempre.

-—Ethan-—me llama antes de cortar nuestro enlace.

-—¿Tu que no te ibas?

-—Se acerca la semana de celo—-recuerda y trago en duro.

-—Mierda es verdad.

-—Tenemos que encerrarnos-—propone.

—-¡Ya va!¡¿Pero que mierda haz dicho?!—-gruño

-—Idiota sabes que esa semana todos los lobos estarán locos y más aquellos que recientemente han sufrido sus transformaciones ya que la gran mayoría no tiene mate y terminan descontrolados,nosotros también pasamos por eso—-recuerda-—Pero está vez es distinto,por que la tenemos y debemos tomar medidas de precaución para ella,hay que sacar a todos los de la mansión y dejarla encerrada,mientras que nosotros debemos ir al calabozo -—dice y lo veo mal,muy mal-—Deja esa cara de culo sabes que Meghan es humana y que su cuerpo no va a resistir tanto,nuestro lado salvaje es demasiado para ella,nuestra excitación estará hasta el tope por una semana y le podremos hacer mucho daño.

-—Tienes razón,pero ella es fuerte-—bromeo.

-—Idiota lo se y quiero estar con ella,pero no quiero hacerle daño.

—-Oh vamos no seas imbécil -me quejo -—Hasta ahora nos hemos podido contener y se que más adelante podremos seguir haciéndolo,pero de verdad la quiero veinticuatro siente esos días,así que pon de tu parte -—pido y se que es egoísta, pero no podríamos aguantar mucho sin ella y él lo sabe-—La marca nos va a llamar y se nos hará difícil estar sin ella.

—-Bien,pero se lo dice para ver si esta de acuerdo -—dice vencido.

-—Bien yo le digo hoy,adiós -—corto el Link.

Luego de hablar con mi lobo dirijo mi mirada a mi pequeña,quien a cambiado de posición y ahora me da la espalda,me arrimo más a ella y la abrazo por detrás,entrelazando así nuestras piernas,esta se mueve un poco y pone sus mano arriba de las mias y continua durmiendo plácidamente,así que dejó un beso en su cuello poco a poco me voy dejando llevar por el palpitar de su corazón,por su respiración calmada y sintiendo como sus pequeñas manos están sobre el brazo con la que la rodea,disfruto de la calidez de su cuerpo y me quedo completamente domido...

Nota:¡Hola!¿Cómo están? Lamento tardar con las correcciones,es que ando un poco ocupada.

He cambiado varias cositas así que¿Qué les parece?

A los que preguntaron por los capítulos de la novela quiero decir que ella cuenta con cuarenta capítulos+el epílogo. Y que obvio serán modificados y se les agregaran más cosas,por lo que serán un poco más largos que antes¿Ok?

Si les gusta,no olviden votar y dejar su comentario.

Si gustan pueden seguirme en instagram aparezco como zambrano_victoria.

Una cosa dentro de poco estaré actualizando "Hermanos MacCory" por lo que también pido disculpo por no haberlo hecho antes,es que como dije ando ocupada.

Recuerden está novela está siendo corregida,no prometo una corrección excepcional,pero si lo bastante decente y repito,algunas cosas cambiaron como por ejemplo "Megan" ahora(como se han dado cuenta) es "Meghan" lo mismo paso con "Luckas" que ahora es "Lucas" no son grandes cambios,pero son modificaciones que e hecho junto con algunas otras,bueno eso es todo,nos vemos gente bella.

Besos amores.

# Capítulo 23..

-------------------------------------------

M eghan

Me siento sobra la cama y un pequeño quejido sale de mis labios,ya que ciertas partes de mi cuerpo dolían un poco,viró mi rostro y contemplo la espalda desnuda de Ethan,este se encontraba boca abajo y su rostro estaba virado en mi dirección ,su cabello cubria parte de su rostro mientras que sus labios carnosos estaban cerrados y ligeramente rojos,tomo una de las sabanas y me envuelvo en ellas para cubrir mi desnudez y luego con sumo cuidado me levanto de la cama y trato de no hacer mucho ruido para no despertar a Ethan quien a pesar de que se movió cuando me levante de la cama,aún dormía plácidamente,empiezo a recoger todas nuestras ropas las cuales estaban dispersas en distintas partes de la habitación y cuando tomo lo que quedaba de mi ropa interior,me ruborizo al recordar como ayer las había rasgado, este chico resultó ser más salvaje de lo que pude haber pensado,pero me gustaba ese lado suyo,me adentro al baño y dejo todo en la canasta de ropa sucia y luego escucho pasos apresurados a mi espalda, seguro se asusto por no haberme visto junto a él pense cuando Ethan abre la puerta y viró mi rostro hacia la entrado,donde me deja ver si figura totalmente descubierta y rostro aún somnoliento.

—Meghan ¿Qué haces?—pregunta mientras frota sus ojos—Te he estado buscando en la cama y no te encontré—se acerca y me toma de la cintura—Me asustaste—susurra escondiendo su cara en mi cuello

—Tranquilo—sonrio y dejo un beso en su mejilla—Estoy aquí —tomo una pequeña distancia y entrelazó mi mano con la suya—Solo quería tomar una ducha y como lucias tierno durmiendo,decidí dejarte tranquilo.

—¿Así que me veo tierno durmiendo?—rie y besa mis labios.

—Si y mucho—enredo mis manos en su cuello y él se aferra a mi cintura—Pero con un toque de perversidad—bromeo y le guiño un ojo —Bueno ahora —me separo y beso su mejilla—Vete que quiero tomar una ducha—le doy la espalda.

—Pues no señorita —me abraza por detrás—Usted se va a bañar conmigo—deshace el amarre de las sábanas y estas caen al piso,dejandome desnuda a su merced.

—Bien—digo vencida y entro junto con él a la ducha,abro la llave y me dispongo a tomar mi baño.

—Meghan—me voltea a él,ya que le daba la espalda.

—¿Que pasa Ethan?

—Tengo que decirte algo,muy importante.

—Esta bien,dime—empiezo a enjabonar su cuerpo—¿No te molesta que lo haga?—señalo el jabón y él niega niega mientras me regala una mirada perversa para luego morder su labio inferior con algo de fuerza.

—Pequeña se acerca la semana de celo—lo dice y yo me detengo en seco.

—¿La que?—lo miro confundida y algo nerviosa.

—Bueno es una semana—dice nervioso y ríe al caer en cuenta de lo tonto que sono lo que dijo—No se como decirlo—rasca su nuca y se queda un rato en silencio.

—Ethan me pones ansiosa,solo dilo y ya.

—Esta es la semana en donde todos los lobos que tienen mates y los que no también piensan en el sexo veinticuatro horas por siete días—dice y abro los ojos sorprendida ya que Daniel en su explicación nunca lo menciono—Esa etapa dura siete dias por eso se llama semana de celo,es donde todos los lobos como te vengo diciendo pierden el control de sus menciones y su lado instintivo es el que domina su mente,hasta el punto de violar y maltratar a cualquier chica de la manada o cualquier integrante que intente proteger a los omegas,en ese periodo no les importa si tiene o no mates,esto afecta más que todo,a los cachorro y más cuando estos no tienen mate,en el caso de los lobos viejo no les afecta tanto ya pueden controlarse dada su experiencia—suspira—Por lo que niñas,mujeres y todo aquel que no tiene aún una pareja,son encerradas por su seguridad —lo interrumpo.

—Y en el caso de un Alfa¿Que se hace?

—Pues el—hace una pausa —Es encadenado y encerrado lejos de la manada,ya que su bestia interior es mucho más posesiva y lujuriosa que la de un lobo normal,ellos se vuelve violentos y si tiene mate,su sed por el sexo es insaciable,son muy peligrosos en esa semana.

—¿Que haremos Ethan?—le miro llena de nerviosismo—Esto es raro—le doy la espalda y trato de calmarme,mi corazón latía con demasiada fuerza.

—Lo se princesa—me toma de la cintura y me abraza a él —Se que tienes miedo.

—Miedo no—me viro hacía el—Se que no me harás daño—muerdo mi labio inferior—Estoy nerviosa por que no sé si podré complacerte esa semana,soy humana y no tengo tu misma resistencia,vas a matarme.

Ethan

Quedo sin palabras al escuchas lo que dijo,pues saber que no estaba asustada si no nerviosa por no saber si podía complacerme esa semana me dejó anodadado¿O es cosa mía y no dijo eso?

—Idiota si lo dijo—dice mi lobo.

—¡Ella es increible!—grito saliendo del shock —Ella quiere estar con nosotros esa semana,no lo creo.

—Estamos igual,creí que se asustaria y saldria corriendo.

—Ahora debo saber si de verdad está dispuesta a hacerlo,aún hay riesgos por que es humana.

—Ethan—escucho la voz de mi luna y cortó la conexión con mi lobo—¿Éstas ahí?—me ve sonriente y parpadeo—¿Para donde se fue esa cabecita tuya?

—¿Sabes algo?—la abrazo.

—¿Que?

—Eres hermosa—la beso y sonrie.

—Eso ya lo se—dice divertida—Pero no cambien el tema,¿que vamos hacer en esa semana de celo?

—Meghan esto es serio —me pongo firme—¿Estas dispuesta a estar conmigo esa semana y tener sexo las veinticuatro horas del día?

—Si Ethan —dice sin más mientas vira sus ojos—Aun que dudo que sea las veinticuatro horas,hay que detenernos a comer.

—¿Que dijiste?—Rio por su comentario —Bueno las veintidos horas al días

—Que voy a estar contigo—afirma—No quiero que sufras—me abraza—El hecho de saber que van a encadenarte me pone triste y no quiero que sufras de esa manera.

—Eres demasiado buena—acuno su rostro y la besó castamente —Te amo Meghan,eres más de lo que esperaba.

Luego de la ducha ambos salimos y cada uno dispone a vestirse,por mi parte me pongo algo sencillo y cuando estamos listos ambos bajamos a almorzar,si ya era la hora del almuerzo,por lo que el transcurso de el fue bastante agradable ya que me habló más de ella y de su infancia.

—¿Entonces es por eso que tú relación con tu madre es tensa?—pregunto cuando ella cuenta parte de cómo eran las cosas con su madre

—Si,porque por mucho que haya pasado el tiempo no puedo evitar olvidar el hecho de que ella siempre prefirió los lujos que mi padre le daba antes que a mí,no me faltó nada,lo admito,tenía todo y más de lo que cualquiera puede pensar,pero la calidez de un hogar era lo que menos sentí,mi padre viajaba y su vida fuera de casa era un misterio,mi madre se la pasaba en centro comerciales y fiestas con sus amigas,a las cuales me veia obligada a ir y ahí la hipocresía reinaba,la incomodidad por parte de hombres y mujeres que querían sobrepasarse conmigo era un fastidio y todo eso me hizo enojarme con ella,le decía como me sentía con esas fiestas y aún así me obligaba a ir—suspira—Luego llegaron los cambios de humor de mi padre y todo empeoró,habían peleas y gritos hasta que ella reaccionó, él nunca la tocó,pero aún así los tratos no fueron los mejores y decidieron divorciarse—ladea una sonrisa y tomo la mano que tenía sobre la mesa—Mama trato de entrar a mi vida y decidió que era mejor alejarnos de California por lo que decidió hacerse cargo de una de las empresas que tenía mi padre aqui,ya que al divorciarse le quedó la mitad de su dinero a cada uno,por que mi mamá también tenías sus propiedades y decidió quedarse con esta empresa,él no puso objeción alguna ya que a pesar de que no era el mejor padre del mundo dijo que se encargaria de dejarnos con las mejores comodidades posibles,sobre todo a mí que era su hija,por lo que terminamos mudandonos aquí y se que aveces soy grosera,pero trabajaré en nuestra relación

—Eres muy fuerte princesa —beso su mejilla—Gracias por compartir conmigo algo tan personal para ti—ladeo una sonrisa y asiento—Tomate tu tiempo linda,ambas tienen mucho que sanar,no te afanes¿Si?

—Gracias por oirme—se levanta y besa mis labios por lo que la tomo de la cintura y hago que se siente en mis piernas —Estoy cansada —susurra sobre mis labios —Ire a dormir un poco

—Esta bien—beso una última vez sus labios y luego la veo irse.

Después de que Meghan abandona el comedor,me levanto y llamo a los chicos ya que tenía planeado hacerle una cena romántica esta noche para así pedirle de manera oficial que fuese mi luna.

—Parecemos maricas haciendo esto —se queja por décima vez Adam.

—No seas idiota y ayudame o te mando a un calabozo—amenazo

—Vale,vale.

—Esta quedando todo muy bonito—comenta Luckas y me detengo para ver cómo iban quedando las cosas.

Resulta que nos encontrábamos alejados de la mansión y en una parte de el bosque,donde estaba un lago y justo ahí había una pequeña casita con sillas y mesas que daba una perfecta vista al lado y junto a ella para adornarla habían plantado todo tipo de flores,mis amigos y yo le habíamos puesto luces al rededor y habíamos hecho lo mismo con algunos árboles que habían en el lugar,en el suelo habíamos puesto una alfombra roja la cual también tenían luces en sus bordes,mientras que en el centro del lugar pusimos una mesa para dos con velas y demás adornos,sin duda en la noche iba a verse mucho mejor que ahora.

—Bueno,solo falta estos árboles—señala Matthew unos árboles a nuestra derecha por lo que frunzo el ceño,habían demasiados árboles y el tiempo estaba pasando muy rápido.

—¡Son demasiados!—se queja Jeremy—No lo lograremos.

—¿Por qué no mandas a otros para que lo terminen?

—Por qué ustedes par de flojos no hacen nada y verlos sin ningún tipo de oficio me fastidia—me burlo—Asi que manos a las obras, miren que no quiero hacer viejo aquí.

—¿Y tu que harás?—pregunta Adam fastidiado.

—Nada,yo soy el Alfa —me encojo de hombros—Y por lo tanto solo daré ordenes —estos me ven mal por lo que rio—Ahora apurense que aún nos hacen falta esos arboles y poner más rosas.

Tomo una botella de agua y me siento en el césped,saco de mi bolsillo la pequeña caja en donde estaba un anillo de compromiso que había comprado para Meghan,escucho la queja de Matthew ya que se golpeó con una rama y río para luego guardar la caja nuevamente en mi bolsillo y así disponerme a disfrutar de la brisa y tranquilidad que me regalaba este lugar...

Nota:Holaa¿Cómo han estado? Perdonen la demora,ando ocupada estos días así que ¡Sorry!

¿Qué creen que pase en la semanita de celo?¿Ansiosos?

Por cierto recuerden,ellos son mates,la conexión que hay entre Ethan y Meghan es demasiado fuerte,se los repito por si les extraña la pedida de matrimonio del rarito de Ethan¿Ok?

Bueno gente nos vemos en la próxima actualización,por cierto acabo de subir un capítulo de "Hermanos MacCory" así que vayan y denle amor.

No olviden votar y dejar su comentario,me gustaría leerles y gracias por el apoyo.

Si gustan pueden seguirme en instagram aparezco como zambrano_victoria.

Besos nenes.

# Capítulo 24.

------------------------------------------------

**Meghan**

Terminó de atarme el cabello en una coleta alta y miro una vez más mi reflejo en el espejo,por lo que sonrió al ver que el vestido azul marino de tiras me quedaba bastante bien y resaltaba mi figura,el ejercicio me había ayudado bastante pensé mientras me ponía unas sandalias y sin maquillarme salgo de la habitación y camino hasta el dormitorio que le habían asignado a Jonh,después de hablar con Ethan sobre mi relación me sentía un poco más liberada,no solía hablar mucho de mis problemas personales pero con el me sentí tan cómoda que no pude evitarlo y después de la charla opte por ir a descansar un poco y al despertar había decidido tomar otra ducha,ya que el calor de hoy era insoportable,ya enfrente de la habitación de mi amigo tocó la puerta y cuando él musita un "pase" me adentro a ella y al hacerlo frunzo el ceño y miro con desconcierto la maleta que llevaba en su mano.

—John¿Que haces con esa maleta?

—Fea,me tengo que ir—su semblante lucía bastante serio,por lo que supe que no estaba bromeando—No tengo nada que hacer aquí,por lo que me voy.

—Te conozco y sé que eres de los que se van sin ningún motivo—me acerco a él y lo obligo a sentarse en la cama—Asi que¿Que sucede?

—Ya no quiero estar aquí,eso es todo.

—Se que hay algo más,así que dime—insisto—¿O es que ya no hay confianza?

—La hay—suspira —Es solo que no lo soporto.

—¿Que no soportas?—pregunto mientras tomo su mano.

—Verte con él—su vista se posa en mi y se perfectamente a quien se refiere.

—John...—me interrumpe.

—Meghan esto es de locos—rie y le miro sin entender—Es un maldito cliché.

—No estoy entendiendo Jonh,se más directo.

—Que te amo Meghan

—¿Que?—le miro incrédula—¿Estás jugando conmigo?.

—No,no lo haga y nunca lo haría,siempre me has gustado—admite y trago en duro—Y a pesar de que lo intentamos y que al final solo pudiste verme como un amigo e incluso como un hermano,no podía sacarme de la mente y el corazón aquella chica que conocí en la playa,esa chica de hermosa sonrisa y que a pasar de tener un carácter difícil,era dulce y tierna a su manera,por eso—una de sus manos empieza a dejar caricias sobre mi mejilla —Me la pasaba en fiestas,teniendo sexo sin ningún compromiso y no buscaba tener una relación seria con nadie,por que no podía evitar sentir amor por ti y ahora que se que tu corazón le pertenece a él,no puedo verte a su lado,quizás más adelante pero ahora necesito alejarme—pega su frente a la mía y mis ojos empiezan a nublarse—Si él te lastima y te hace daño quiero que sepas que estaré en California esperándote pero—besa mi frente—No lo haré para siempre—deja un beso en mi mejilla y se separa y poniéndose de pie vuelve a tomar su maleta,lo miro con tristeza y apunto del llano,quiero decir tanto,pero las palabras simplemente no salen de mis labios—Cuidate Meghan,espero volver a verte pronto.

Y sin más, él sale por la puerta y me deja con un nudo en la garganta por lo que empiezo a llorar y a odiarme a mi misma¿Por que no lo detuve? ¿Por qué lo deje ir?Dios fui tan ciega¿Por qué no me di cuenta de que él aún estaba enamorado de mi? Cierro mis ojos y cogiendo una almohada la abrazo con fuerza,me sentía tan triste y devastada,una persona importante para mí se había alejado y me sentía culpable,mi móvil suena y al ver de quién se trata,tomo de inmediato la llamada,mi madre al oír mi voz se preocupa,ella me llamó para decirme que ya estaba en la mansión pero que andaba perdida,por lo que le doy instrucciones de como llegar a esta habitación y luego me dispongo a esperarla.

La puerta es abierta y por ella entra mi madre,quién al verme aún llorando se acerca preocupada y me abraza por lo que empiezo a llorar con más fuerza mientras la abrazo.

—Meghan debes calmarte —susurra mientras dejaba caricias sobre mi cabello—Para que me cuentes qué pasó.

—Perdi a Jonh —hablo en medio del llanto —Lo deje ir—susurro mientras trataba de calmarme,ella toma una distancia entre las dos y empieza a secar mis lágrimas —Lo siento,lo siento tanto.

—¿Por qué te disculpas Meghan?

—Por haber sido grosera contigo—trago en duro—Por haber sido tan dura y cruel cuando tú querías enmendar las cosas

—Esta bien cariño,no pasa nada,yo también tengo la culpa—sonrie—Pero ¿sabes que? Ambas trabajaremos en nuestra relación y las cosas mejorarán y sea lo que sea que haya pasado con John,no te agobies Meghan,ustedes tiene una gran conexión que no se cortara tan fácil,así que deja que se calmen las cosas y que pase un poco de tiempo,mira que dicen que el lo cura todo.

Sin pensarlo dos veces la abrazo y ese gesto la toma desprevenida pero luego no duda en corresponder mi abrazo y ya cuando me separo,decido contarle todo lo ocurrido y todo lo referente al secreto de esta localidad,al principio se sorprende y está a nada de desmayarse,pero se recompone y decide que lo mejor era que nos fuéramos lejos,pero de inmediato me negué,no podía dejar a Ethan y aunque le preocupaba mi relación con él,decidió respetar mi decisión,me gustaba el hecho de que pudiesemos hablar de este tema sin problemas y terminar en discusión,este era un gran paso para ambas y se que juntas trabajaríamos para que nuestra relación mejorará, lastimosamente ella no podía quedarse ya que unos asuntos referentes a la empresa la obligaban a viajar a California y luego tendría que irse a Londres,por lo que muy a nuestro pesar,tenía que marcharse.

—Llamame cuando llegues—dije mientras la seguía hasta la camioneta.

—Lo haré,no te preocupes tanto—besa mi mejilla y lo hago igual—Odio dejarte pero confío en que vas a manejar todo y las cosas estarán bien.

—Y lo estarán —sonrio—Asi que no te preocupes y mucha suerte en tu viaje,tráeme algo costos de Londres —bromeo y la hago reír —Saluda a mi padre de mi parte.

—Lo haré —su mirada se torna triste pero aún así sonrie—Nos vemos tesoro.

Ella termina por darse la vuelta y subiendose a la camioneta,pone en marcha esta y luego la veo alejarse,sabía que una vez que llegara a California volvería a ver a mi padre y que eso sería difícil para ella porque se que aún lo amaba,ella debía afrontar ese hecho sola y hablar con él,ambos lo necesitaban y esperaba que todo saliera bien entre ellos. Nuevamente voy hasta la habitación y me dispongo a leer una novela que había descargado en mi teléfono y llevaba por "Hermanos MacCory" la trama me había atrapado bastante,era de misterio y suspenso por lo que la encontraba aún más entretenida,así que me dispongo a leerla hasta que el cansancio me gana y nuevamente me quedo dormida.

Ethan.

Después de casi seis horas de trabajo todos terminamos de arreglar la habitación del lugar,por lo que sonrió satisfecho al ver el resultado de tan arduo trabajo,todo estaba en perfectas condiciones y sabía que a ella le iba a gustar la sorpresa por lo que al terminar de recoger algunas herramientas,los chicos y yo nos vamos a la mansión en donde al llegar me dan parte de todo lo que había ocurrido en mi ausencia,como el hecho de que la madre de Meghan tuvo que irse por motivos personales y que Jonh,sin decir nada simplemente se fue,esta última noticia me alegro el alma,por fin ese estorbo se había ido y no había amenaza alguna,pues sabía de sobra que él tenía sentimientos por Meghan y que su estadía aquí,iba a traer discordia,pero como ya no estaba podía respirar más tranquilo,me despido de los muchachos y camino hasta mi habitación,al entrar me encuentro con mi luna durmiendo sobre la cama por lo que sin hacer mucho ruido voy hasta el baño y tomo una ducha larga,había trabajado un poco y quería quitarme el sudor de encima y cuando lo hago,salgo del cuarto de baño y me dispongo a ponerme un traje azul marino,camino hasta la cama cuando estoy listo y mientras me pongo mi Rolex me siento sobre esta y empiezo a dejar besos sobre el cuello de mi pequeña,hasta hacerla despertar.

—Hola Ethan —sonrie mientras frota sus ojos.

—Princesa te extrañe—susurro mientras me sentaba mejor a su lado y ella me imita.

—Yo igual amor—ella posa su vista en mi y relame su labio inferior,simple gesto que hizo que empezara a excitarme y más porque se inclina hacia mí y empieza a tocarme—¿A donde va tan atractivo señor Black?

—Meghan,quédate quieta o me harás perder la cordura—le advierto—Mira que cuando andas con tus coqueteos,me pones duro.

—Esa es la idea—me guiña un ojo y se pone encima de mi,dejando así sus piernas a mis costados—Te ves tan excitante—esconde su rostro en mi cuello y frota la puerta de su naríz contra mi piel.

—Meghan eres jodidamente sexy —tomo con firmeza su cintura—Pero no podemos seguir con este caliente coqueteo—me separo—Por que tengo una sorpresa para ti,ahora tienes que vestirte y ponerte más hermosa de lo que ya eres—la quito de encima y camino hasta la puerta,pero antes de salir ella me toma del brazo y me hace girar en mi dirección.

—¿Cual sorpresa?—rio cuando hace puchero —Me pone ansiosa así que dime.

—Si te digo princesa—inclino mi rostro hacia ella,al estar descalza se veía tan tierna por que la diferencia en nuestras estaturas era muy notoria —Dejara de ser sorpresa así que no—le robo un beso—Asi que deja la ansiedad pequeña—pico su nariz —Y apresurate que se nos hace tarde

—Bien—vira sus ojos y camina hasta el baño.

Salgo de la habitación y me dirijo al despacho en donde tomo de la mesa unos sobre con invitaciones para la presentación de mi luna de manera formal,por lo que salgo con ellos en mano y voy hasta la sala en donde estaban mis amigos conversando y bromeando para darles las invitaciones y ordenarles entregarlas a distintos líderes de manadas vecinas,se quejan y se que hoy trabajaron bastante y que me estaba pasando de mala gente,por que hoy habían trabajado demasiado,pero era importante que la entregaran a tiempo,así que a regañadientes obedecen,pude haber mandado a otras personas,a cualquier empleado,pero habían alfas que eran tan exquisitos que si recibían invitación o cualquier tipo de información importante que no fuese a manos de un alfa o de algún miembro con jerarquía,se ofendían y hacían disputa,por lo que para ahorrarme cualquier mal entendido,los había mandado a ellos,ya que personalmente no podía hacerlo.

Tomo asiento y empiezo a ponerme nervioso ya que mi luna se estaba tardando demasiado así que me levanto del sofá que estaba en la sala y camino hasta las escaleras pero me detengo al ver a Meghan bajar por ellas luciendo un vestido color rojo carmín que se ceñía a su cuerpo y resaltaba sus curvas,detalle en lo que ella bajaba que el vestido tenía una pequeña abertura en V en el escote mientras que usaba tacones que iban a juego con su vestido y que su muñeca estaba adornada con la pequeña pulsera con el dije de media luna,una pulsera que significa que ella era la luna de esta manada y que era mi luna,que ella era mi todo...

Nota: Debo confesar que esto de editar los capítulos me a gustado bastante,me cansa,pero me siento a gusto con cada modificación que e hecho,así que espero que a ustedes también les guste.

Mil gracias por el apoyo y no olviden votar o dejar su comentario,si no es mucho pedir.

Si gustan pueden seguirme en instagram aparezco como zambrano_victoria.

Nos vemos pronto nenes.

Besitos

## Capítulo 25.

M eghan.

Salgo del baño y camino hasta el clóset de dónde saco un hermoso vestido rojo carmesí que había comprado hace un año en París para una de las tan dichosas fiestas a las que asistían mis padres y aunque al principio no me había gustado la idea de ir,ahora agradecía haberlo hecho ya que ella me llevo a comprar este vestido que me lucía increíble y ama demasiado,optó por ponerme ropa interior color negra de encaje y debo decir que era algo provocadora,en si era muy fan de este tipo de ropa interior, por lo que no la usaba aproposito y con fines de siempre querer provocar a alguien, simplemente me gusta y por ello la usaba casi todo el tiempo,excepto para hacer ejercicio o para dormir,que optaba por usar de algodón ya que eran más cómodas para ese tipo de actividad,cuando terminó por maquillarme y atar mi cabello en una cola alta,tomo una pequeña pulsera con el dije de luna,me encantaba ese símbolo y ahora que lo pensaba bien,ella podia dar a entender que era la luna de esta manada y su luna,quizás siempre estuve destina a Ethan,quizás siempre fue mi otra mitad y solo debía encontrarlo. Bajo las escaleras con cuidado y sonrió al ver a Ethan al final de ella,a medida que bajo me permito detallarlo aun más y no puedo evitar pensar que se veía demasiado atractivo,vestir de traje le quedaba de maravilla y más porque este se le ceñía un poco y resaltaba su físico trabajado.

—Deja de mirarme tanto —-digo riendo una vez terminó de bajar las escaleras—Vas a desgastarme.

—-Estas hermosa—sale de su trance y deja sus manos en mi cintura -—También te ves sexy -—se acerca a mi cuello y deja un beso en el—Hueles delicioso.

-—Lo mismo digo-—rio por su beso —Gracias,eso se llama perfume —bromeo y me separo para darle un beso casto.

-—Tan simpática como siempre señorita Smith —rie y lo imitó mientras nos distanciamos un poco—-Necesito que te ponga esto—fruzo el ceño cuando saca una venda negra del bolsillo de su pantalón.

-—¿Por qué?

—-No quiero que veas a donde te llevare-—dice obvio

-—Vale, pero si me vas a asesinarme,que sea rápido por favor.

—-Vamos princesa—se acerca y besa mis labios—Quiero que todo sea perfecto,así que ponte la venda.

-—Bien,pero si me caigo te culpare-—me pongo la venda—Ya no me da mucha confianza esto—digo cuando empiezo a caminar—No veo nada y con estos tacones—niego—Sin duda me caere.

—-Para que estés más tranquila entonces ven aquí —me toma entre sus brazos y chillo ante la sorpresa, él me carga como los príncipes cargaban a las princesas en las películas animadas.

—-Ethan me asustaste—-le doy un pequeño golpe en el pecho—Esto es muy Disney—rio y él empieza a caminar.

-—Lo siento—rie por la broma—Es que eres una princesa—me sigue el juego—Asi que hay que cargarte como a una.

En el transcurso del camino nos disponemos a hablar sobre su día y lo ocupado que estuvo haciendo diversos preparativos,me sentí un poco culpable de que él trabajará tanto mientras que yo me la pasé durmiendo casi todo el día por lo que le dije que,si él me dejaba,lo quería ayudar en diversas actividades de la manada ya que tenía curiosidad por saber que se hacía en una exactamente,pues nunca había pertenecido a una y obvio no sabía que existían,resalto,ya cuando se detiene me baja con cuidado y quita la venda de mis ojos,cubro mi boca y quedó maravillada ante la imagen que ahora presenciaba,me sentí como en un cuento de hadas al mirar las decoraciones de los árboles,las luces y rosas que habían en el lugar,por lo que sin poder evitarlo,unas pequeñas lágrimas salían de mis ojos y cuando miro a Ethan noto que su semblante lucía decaído,de inmediato lo abrazo y al hacerlo con tanta brusquedad y de manera improvisto,hago que ambos caigamos al suelo,yo encima de él y se que me pase de salvaje,pero estaba demasiado emocionada para poder contenerme.

-—Ethan te amo—-reparto besos por su rostro-—Esto es simplemente perfecto —-me detengo y veo sus hermosos ojos azules que ahora tenían un brillo especial—-Nunca habían hecho algo así para mi—confieso y vuelvo a besarlo —Gracias.

-—¿Te gusto de verdad?-—pregunta y yo asiento —- Eso es genial,creí que no te había gustado ya que te pusiste a llorar—rie mientras limpia mis lágrimas y gracias a dios mi maquillaje era a prueba de agua,por que si no sería un desastre ahora—Ya iba a morirme.

—-Lo siento,es que no pude evitarlo—sonrio apenada mientras nos levantabamos—Todo quedó precioso—digo mientras detallo mejor todo a nuestro al rededor —-¿Lo hiciste solo?

-—No,con ayuda de los chicos—toma mi mano y me guía por la alfombra por ella habían pétalos de rosas y ya cuando estamos en la pequeña casita sonrió al ver los faros que habían a sus costados y que nos daban luz,todo parecía sacado de un cuento de hadas,cuando nos adentramos en el centro de ella había una mesa para dos por lo que él sacando una de las sillas,me invita a sentarme y gustosa lo hago,la decoración de la mesa era de muy buen gusto-—Esto era lo que estuve haciendo todo el día,nos esforzamos bastante para que quedará bien y me alegra que te haya gustado.

—Es que se lucieron bastante por lo que de verdad me encanta.

-—Me alegra oír eso-—toma asiento frente a mi y entrelaza su mano con la mía,pues está estaba sobre la mesa—-Espero y también te guste la cena—dice y destapa el plato frente a mi.

-—Creeme que me va a gustar—sonrio—Ya que amo la lasaña.

-—Sabía que te iba a gustar pequeña—me guiña un ojo por lo que rio.

Mientras comiamos, hablábamos de cualquier cosa,de como se había esforzado en todo y de lo nervioso que estaba,luego de eso hablamos sobre lo que paso con John ya que había decidido contarlo él porque se había ido,en si me tocó por que Ethan se puso demasiado insistente y para que no siguiera con la curiosidad,le conté todo lo ocurrido,él se molesto un poco pero decidió ignorar su enojo ya que esta era nuestra noche y no quería arruinarla,palabra suyas no mías y me gustó que lo dijera,cuando terminamos de comer nuestro postre,de la nada él se levanta de su asiento y extiende su mano hacía mi,frunzo levemente el ceño y sin entender su cambio, tomo su mano y una vez que toma mi cintura,Perfect de Ed Sheeran empieza a sonar.

-—¿Cómo supiste que me gusta está canción?

-—No lo sabía,la puse porque también me gusta y al oírla pensé en ti—confiesa y veo como sus mejillas están levemente sonrojadas.

—Que romántico—beso sus labios castamente—¿Te gusta Ed Sheeran?—pregunto con algo de malicia.

-—Me gustan sus canciones —me corrige—No él.

-—Esta bien,está bien—me río y enredo mis brazos al rededor de su cuello mientras nos movemos al compás de la música,ambos bailabamos un especie de vals

Seguimos bailando hasta que la canción termina y él apaga su teléfono,ya que de ahí provenía la música,toma distancia y se pone de rodillas frente a mi¿Y ahora que está haciendo?

-—Meghan Smith, se que no nos conocemos mucho y que todo lo de mi mundo es nuevo para ti—hace una pausa -—Aveces se que te saco de tus casillas debido a que soy muy celoso,posesivo e impulsivo,pero lo llevo en la naturaleza,ser un Alfa implica tener todos estos sentimientos de sobre protección hacía su mate,su luna,su compañera de vida y aún así trabajaré en esas actividades para que no te canses tan pronto de mi—me ve riendo y le miro sorprendida ¿Esto es una proposición o son ideas mías?-—Por que en la vida de un lobo su mate es su mundo entero y te amo Meghan y se que en tu mundo esto seria una locura,pero en el mío es de lo más normal cuando la luna te da una pareja,pero aún así no quiero que te sientas obligada a nada,por lo que quiero que escuches y sepas lo que siento—trago en duro cuando saca una pequeña caja de sus bolsillos—Me encanta cada parte de ti,tus hermosos ojos,tus labios, tu forma de ser tan aventurera,el hecho de que eres una mujer independiente,lo testaruda y apasionada que eres cuando defiendes algo que te importa o algún ideal y aunque no e visto todo de ti,no he podido ver cada una de tu facetas,las pocas que e visto me han dejado cautivado y totalmente agradecido con el hecho de que seas mi compañera de vida y lo arruine al principio,pero te prometo que todo lo enmendare con el tiempo,por lo que si no es mucho pedir—abre la cajita y veo un hermoso anillo de compromiso—¿Me darias el honor de convertirte en mi futura esposa? ¿Me dárias el privilegio de convertirte en la madre de mis cachorros y futura luna de la manada Luna Oscura?

-—Si-—susurro y veo como pone el anillo en mi dedo—Mil veces si Ethan.

-—Me haces el hombre más feliz del mundo—sonrie mientras se pone de pie y lo abrazo.

-—Te amo,te amo tanto -—repito mientras besaba su rostro -—No te alejes de mi nunca.

—-Nunca-—afirma y sonrió cuando pega su frente a la mia y vuelve a besarme-—Juntos para toda la eternidad.

—-Juntos para toda la eternidad—repito para luego besarnos y hundirnos en una mar lleno de emociones...

FIN.

bebés.

Milton Keynes UK
Ingram Content Group UK Ltd.
UKHW030943071224
452128UK00010B/447